光文社文庫

文庫書下ろし／長編企業小説

社長の品格

清水一行

光文

この作品は光文社文庫のために書下ろされました。

目次

この作品はフィクションであり、実在の
人物、団体などとは一切関係ありません。

第一章　仏頂面《ぶっちょうづら》

1

毎朝のことだった。智代《ともよ》は夫の雅人《まさと》が脱いだ下着を脱衣カゴに入れ、代わって新しいシャツを出し、キングサイズのベッドの上へ並べた。こうしておけば眼を覚ました雅人が、端から順に着ていけばよかったからである。

毎日取り替えていたから、汚れているわけではない。しかし明治も末の年代に生まれた雅人にとって、毎朝下着を新しくするのは、一日の区切り、気分としては禊《みそぎ》のようなもの。だから智代に言われて、そうなった習慣ではなかったが、智代も十分心得ていた。

「もう暖かいし、ブリーフの方がいいんじゃないですか」

言われた雅人が智代を振り向く。厚い唇をせり出させた不機嫌な顔である。前の会社ではガマさん……と呼ばれていて、こんどの会社では牛《うし》になったという。言われてみると、ガマも牛も雅人にそっくりだった。

「どうします」

智代が念を押した。

「なにが……」

雅人があくびをしながら聞き返した。

「ですから」

「どっちでもいい」

なにを言われたのか、聞こえなかったわけではなく、ちゃんとわかっていた。それでいて返事はいい加減だった。

「今夜はどうなさるんですか」

門の前まで送り出して、再度帰宅の時間を確かめる。しかし雅人は、いつもの調子で、はっきりと返事をしない。返事をするのが面倒だからというのではなく、考えるのがうっとうしいからだった。

妻にたいして失礼な話だったが、怒ってみてもはじまらない。それが雅人……だった。

「仕度のことがあるんです」

「ちゃんと帰る」

念を押されてやっと答えた。

返事があればいい方だったから、その日智代は一日がかりで献立を考えて、料理をする。

雅人は八時ちょっと過ぎに帰ってきた。

朝出勤していって、夕方帰ってくる——

世間一般から言ったら、あたりまえのことだった。

だが智代の方は戦争なのである。煮物や温めものを手際よく処理して、ともかく早く、食卓の用意をしなければならない。

雅人には食べ物の好き嫌いがなかった。食卓に出たものはなんでも食べた。台所を預かる者の立場として、それはそれで有り難かった。だが油断をしていると大変なことになる。食卓に出たおつまみや漬け物を、片っぱしから食べてしまうからだった。

ちょっと待ってくださいと言っても生返事。のんびりと晩酌《ばんしゃく》を愉しんでいてくれればいいのだが、食べ物と同じように、酒も特に好き嫌いを言わず、ウイスキー、ビールから日本酒に至るまで、出されたものは飲む。なんでも飲むのだった。

そこまではいい。お燗をつけた酒から、水割りのウイスキー。最近は到来物のショウチュ ーまで、黙って飲んだ。

問題はその量だった。

日本酒のお銚子はせいぜい一本。ウイスキーの水割りはコップ七分目。氷を入れての七分目なので、水で割ると、ウイスキーの正味はグラス半分というところ。それ以上は家で飲んでもうまくないし、女房と差し向かいでは、酔った感じが愉しくないという。

酔うと苦しくなることがあると、お客と盃を交わしながらの、雅人の話だった。飲んで苦しくなる酒を、無理に飲ませることはなかったが、そうはいかないのだった。酒を切りあげると、どんどん料理を喰べはじめてしまう。好き嫌いなしの勢いだった。一日がかりで仕上げた智代の料理の腕を、しみじみ味わい確かめる暇はなかった。

身長は一六三センチで、昔から小太り。頭髪は薄く赤ら顔で、必然的に血圧も高い。いくら喰べてもいいなどと、緩んだことは言ってはいられないのである。

「今日のお肉、どうでした」

ナイフとフォークに持ち替えて、脇目もふらず胃袋に掻きこんでいる雅人に、すこしは喰べるテンポを遅らさせようと、智代が話しかけた。

「うん」

「柔らかくておいしかったでしょう」

「柔らかいって?……」

「あら。じゃ固かったんですか」

「いや」

雅人は首を振った。

「いやってあなた、お皿のステーキを、一人で綺麗に召し上がっちゃったでしょう」

非難の眼差しで智代が睨《にら》んだ。

「そうか。ウン。喰べた喰べた」

雅人がやっとうなずいた。

智代は茫然《ぼうぜん》として、というほど大袈裟でなかったが、それでもどうしたらいいのかと戸惑う表情で、雅人を見上げた。肉だけではなく魚料理も野菜も、食事についての雅人の感想はいつも同じだった。

「うまかったぞ」

などという、気の利《き》いた褒《ほ》め言葉は、一度もかけてもらったことがない。せいぜい「うん」どまりだった。

「張り合いのない方ね」

吐息で智代が言った。

「なに？」

「わたしは朝から献立を考えて、買い物に行って、一日がかりの料理なんです。お食事はよく味わって喰べてください」

「わかった」

うなずくとナイフとフォークを置いて、さっさと立ち上がった。

好き嫌いはないと言ったが、いずれかと聞かれたら、和食より洋食だった。それもステーキのようなものを好んだ。世界でもトップレベルの造船技術者として、外国での生活が長かったせいである。

それと肉料理の方が、満腹感を堪能できた。

「食事の後ぐらい、ゆっくりしてくださいな」

「今夜は調べ物がある」

湯飲み茶碗を摑んだ雅人は、立ったまま言った。智代はそんな雅人を見上げながら、せっかちなこの癖だけは、とうとう直らなかったなと思った。

初めにそれを感じたのは、お見合いの席でだった。仲人《なこうど》に引き合わされて、やがて料理が出てきた。すると雅人はテーブルに体を乗り出すようにして、急いで喰べはじめたのである。ガマ蛙が餌にかぶりつくように、片っぱしから咥《くわ》えこんでいく。見ていて智代は気分が悪くなってきた。

仲人がなにか話しかけても、雅人はほとんど上の空だった。朝からなにも喰べていないのではないかと、怪しみたくなってくる。

「どうだった」

食事が終わって、仲人が智代に花ムコ候補の感想を聞いた。

「えっ、どうって？」

「だから中沢《なかざわ》君だよ。君はいまお見合いをしたんだから、相手が好ましい男性だったか、それほどでもなかったのか、返事をしてもらわないと困るんだ」

確かめながら、仲人は苦笑ともなんとも言いようのない含み笑いで、戸惑っている智代を見つめた。

その仲人も、実は返事は聞くまでもないと、思っていた。

「あの方、今朝食事をしてきたんでしょうか」

智代が真顔で聞いた。

「それは、朝食はすませてきただろう」

「でもよく召し上がったわ」

「ウン。確かに」

「想像がつかないんです。どういうことになるのか、中沢さんとの結婚生活が。だって毎日毎日あんなふうに食事をされたら、わたし疲れちゃうわ」

「まあ。な……」

吐息で仲人がうなずいた。

破談。これで終わりだなと仲人はそれなりに納得した。智代もそれ以上は、返事をするまでもないことと、放っておいた。だがかんじんな当事者の雅人は、この縁談にのり気だった。

ぜひ結婚したいと言っている。

「本気なんだよ」と仲人。

「まさか」

仲人からの連絡に、智代はびっくりして怯《おび》えたように首を振った。

「どうしてもって言って、門の前へ布団を担いできているんだよ」

「え。布団って」

「承諾してもらえるまで、わたしの家に泊りこむと言っている。本気らしいんだ」

「あの……。でも、いいんですか」

血の気が引いた顔で智代が聞いた。

「よくはないさ。しかし仕方ないだろう。追い返すわけにもいかないし」

まったく、想像できない事態だった。

「わかりました」

「ウン。で、なんて返事をしよう」

「落ち着いて、ゆっくり食事をしてくださいって」

「わかった。そうだよな。あの忙しい喰べ方さえ直ってくれれば、悪いところはないんだから」

食事をゆっくり喰べてくれという、奇妙な条件を雅人があっさり承知して、雅人が強く望んだ智代との結婚話がまとまった。話はまとまったが、雅人がどう理解したのか、ゆっくり食事をしろなどと、考えられないおかしな条件つきである。

やはりと言うべきか、雅人はなにもわかっていなかった。喰べはじめるとわれを忘れて喰べることに熱中してしまう。二、三度は智代も文句を言ったが、結局そういう人なんだと諦《あきら》めた。

智代は料理を作る人で、雅人はひたすら喰べる人。

作る人と喰べる人では、喰べる人の方が遥《はる》かに愉しかった。ただときどき番狂わせが突発する。といって雅人が作る人に変身するわけではなかった。

「ばかを言うなよ。中沢のところは保証書つきの、れっきとしたカカア天下だぜ」

雅人の親しい友人達の、異口同音と言っていい感想だった。亭主関白とカカア天下とでは一八〇度の違いがある。

「亭主関白は昔からだったが、かなりカカア天下に変わってきているよ。おれは牛やんがかみさんに、台所のスリッパをぶつけられるのを見たからな」

こういうどきっとする証言も、もちろんあるわけだった。

「なんだ。あんたも見たのか」

「おまえさんもだったんだな。安原《やすはら》も見たって言っていたぞ。テーブル越しに本気でぶつけるんだ。たまらないね」

「なにがあったんだ」

「なにもないよ」

「じゃいきなりそうなったのかな」

「多分……」

雅人の亭主関白ぶりを見なれている者には、あの貞淑な智代夫人が、なにがきっかけで、絶対君主ともいうべき雅人目がけて、穢《きた》ないスリッパを投げつけるようになったのか。たやすくは想像することができないのだった。

「一緒に喰べようと思って、一所懸命に作ったのにさ」

智代がそんなことを、雅人に愚痴っていたという情報があった。情報が正確だとしたら、原因は雅人に、智代が結婚を承諾したときの条件、ゆっくり喰べろという一言が、なお効いているらしいことになる。

その辺の事情に精通しているのは、雅人の専属秘書の谷村栄治《たにむらえいじ》のはずだった。

従業員三十万人という、巨大組織の郵信公社を統括する総裁が相手だったから、単なる秘書、雑用係ではことが足りないのである。役員と同等な呼吸のできる専属秘書が、必要になってくるのだった。

「落下傘で公社に乗り込まれる中沢さんには、絶対にこの男が必要ですよ」

中沢雅人に谷村を推奨したのは、前総裁の春川光信《はるかわみつのぶ》。

谷村は春川総裁の秘書を二年務めて、本来なら総裁交代で秘書も交代となるはずだった。

だが総裁秘書としての谷村は、春川のお供で政治家や郵政省の官僚と何度も会っているうちに、いつの間にか彼らに深く食い込み、信頼性の高い情報を、入手するようになっていた。春川は谷村が握っている情報を、高く買っていたのである。

「新栄《しんえい》重工から、わたしの気心に通じた秘書を、連れていきますから、ご心配には及びません」

中沢の返事は素っ気なかった。

中沢が新総裁に就任するのは、政府と財界、それも尊敬する財界総理、経済連会長の水上《みずかみ》康彦《やすひこ》から、郵信公社を改革してもらいたいと、懇請されたからだった。

それまで社長として、中沢が経営を采配していた新栄重工は、日本を代表する巨大造船会社。造船会社から郵信公社への転出だったから、新栄重工で、ドクター合理化と呼ばれていた中沢をもってしても、改革は難しいのではないかと、世評はいずれも厳しかった。

「腹心の秘書といっても、新栄重工当時の秘書では、畑違いの公社の内部情報には詳しくないはずです。その点谷村は、政財界の情報収集力にたけていますし、当然ながら公社内部の情報にも精通しています。公社の改革を進めるには、まず内部情報に詳しい人物の抱え込みが、必要ではないでしょうか」

従業員から「お公家さま」という愛称をたてまつられていて、普段は穏やかな春川にしては、珍しく語調が強かった。

しかし中沢の認識としては、緩みきった官僚体質の郵信公社の改革といっても、たかだか

二、三年もあれば十分と、高をくくっていたくらいだった。春川がそこまで言うならと、中沢が譲歩して、谷村を専属秘書に据えることに、同意したのだった。
だが思わぬ横槍が入った。横槍というより一種のクレームである。

「総裁が代われば、秘書だって代わるのが、常識じゃありませんか」

総裁秘書の継続を、人事部長の船本秀夫《ふなもとひでお》に内示されたとき、実は当の谷村が浅黒い顔を真っ赤に染めて、食ってかかったのだった。

「これは内示であって打診じゃない。春川総裁が後任の中沢新総裁と、二人で相談して決めたことなんだ。雲の上からの社命だから、断ることはできないんだよ」

谷村の剣幕に、船本が丸い顔をしかめ、慰めるように言った。

秘書などという、なにをしているかわからない、実態のない仕事から、谷村は早く解放してもらって、公社の本来業務にかかわりたかった。三六歳になる谷村は、これからさらに苛烈になるに違いない公社内の出世競争に、実は同期の仲間より一歩遅れをとっていたからだった。

公社総裁秘書……というポストは、最高意思ともいうべき総裁に、密着した行動が要求されたから、総裁との接触が増え、総裁の覚えがよくなるには違いなかったが、要するにそれだけのことではないかと、谷村は思っていた。

谷村の立場で言うと、ビジネスマンとしての出世競争で、決め手になるのは公社本来の業務面で、どれだけの実績を上げたかであるはずだった。

いつまでも経営トップの雑用処理をやっていて、その面でいくら重宝がられ、裏の処理に精通したところで、逆にいつまでも不本意なポストに縛りつけられて、思いきり手腕を振るい、実績を積み上げるチャンスを失ってしまう。

そういうものだった。

総裁秘書として、谷村はすでに二年以上も春川に奉仕してきたのだし、明らかに切り上げどきだった。

人事異動の打診ではなく、内示だから、変更は認められないと言われても、素直には従えない。

「新旧両総裁の秘書をつとめるなんて、公社始まって以来の異例人事じゃないですか。せめて決める前に、当人の希望ぐらいは聞いていただきたいですね」

谷村は引き下がらなかった。

同期の出世競争から、谷村が半歩遅れているのは事実……だった。一浪して東大法学部へ進学し、さらに卒業が学園紛争で延びたため、現役で入社した同期の他大学卒業生に較べて、その分ハンディを負っていたからだった。

「だがね、君を推薦したのは、春川総裁だけじゃないんだ。職員局の小塚《こづか》局次長も、強く推していたからね」

「小塚さんが……」

参ったなと、谷村は思った。小塚敬三《けいぞう》は谷村を、郵信公社に拾ってくれた恩人だったから、顔に泥を塗るような真似をするわけにはいかない。かといってこの人事を受け入れたら、自分の将来が見えてこなくなる。

「すこし考えさせてください。小塚さんとも相談します」

「それはかまわないが、もう決まったことだから、覆《くつがえ》すのは難しいよ。ま、小塚次長と話し合ってみるんだね」

余計な推薦など、してほしくなかったのだと、谷村は小塚に、一言だけでも自分の真意を伝えておこうと、改めて職員局次長の小塚の席に向かった。

谷村が小塚に頭が上がらないのは確かだった。彼が即決で採用してくれなかったら、郵信公社での谷村はなかった。

それにしても……。

内示の前に、本人の意向ぐらいは打診してくれてもいいではないかと、たとえ相手が恩人とはいえ、気持ちが混乱して憤《いきどお》りが抑えきれなかった。

谷村の本当の就職希望先は、郵信公社ではなかった。世界を股にかけて活躍する夢を抱いて、大手総合商社の親和物産に、早くから就職が内定していたのである。だが本来なら卒業するはずの月に、その親和物産からなんと、採用の内定を取り消されてしまったのだった。

原因は東大紛争の安田講堂占拠事件。

全学共闘会議派学生が安田講堂をバリケード封鎖し、解除に当たった警視庁機動隊と、激しい攻防戦を繰り広げた。そのせいで休講続きで授業日数がさらに不足し、三月卒業が六月に延びたのが、谷村の不運だった。

「心配することはないよ」

三か月も卒業が遅れるとはいっても、企業から内定を受けていた大半の学生は、誰も不安に思ってはいなかった。まして東大法学部の卒業生は、企業にとって金のタマゴである。内定取り消しなど、ありえないこととタカをくくっていた。そして事実はその通りだったのだが、谷村だけは違っていた。

〈三月末卒業が見込めなくなったため、採用の内定を取り消す〉

親和物産からの非情な通告が、下宿に届いていた。

やむを得ず谷村は、まだ新卒者の募集をしていた郵信公社に応募した。

そのときの面接官が、小塚だったのである。小塚は角張った顔で「知っているかね」と谷村に聞いた。

「は?……」

「どうして親和物産がだめになったかだよ」

「知りません。教えてください」

「企業にとって、東大法学部の出身者は金のタマゴだ。よほどのことがない限り、採用を見送ったりはしないものさ」

「よほどの悪いことがあったんですか」

もうどうでもいいという気分だった。それでずけずけと聞いたのである。小塚の返事は予想外なものだった。

「要するに過大評価されたんだ。相当な活動家と見られた」

「どうしてご存じなんですか」

「調べたからさ」

「どうしたらいいでしょうか」

「親和物産なんてたいしたことはない。郵信公社の方がおもしろいよ。採用してやるからこっちに入ったらいい」

「お情けですか」

谷村はむっとして言い返した。誰にしても密かに身辺を探られるのは、不愉快なものである。

「昔から人の親和とか言って、親和系は人材が揃っていると言われているが、実態は君の採用をあっさり取り消してしまう程度の、いい加減なものだということ。逆に君にとってはチャンスになる」

そんなやりとりが入社の面接の際にあったが、小塚は今度も同じような言い方をした。

「馬鹿なやつだな。チャンスじゃないか」

局次長室に押しかけた谷村に、小塚が相変わらずの毒舌を吐いた。

「チャンスですか」

「今度の総裁は民間の出身だ。新栄重工の社長経験者だといっても、職員数三十万人の公社と較べたら、規模はまず問題にならない。この大所帯の公社を、どう改革するつもりか。しかも中沢さんは東大法学部の出身ではない。つまり絶対的な応援組織とも、距離があり過ぎる。それをどうやって埋め、改革するつもりか、これは見物《みもの》だよ。それをじっくり観察できるんだから、いい勉強になるはずだ」

「ですが改革を指揮するのは新総裁であって、わたしではありません」

「政財界挙げて推した新総裁の経営手腕を、目の前でじっくり見ることができると言っているんだ。それと秘書になれば、新総裁に顔と名前を最初に覚えてもらえるんだから、大きなメリットだぜ」

「わたしは公社の本業に戻りたいんです」

小塚はわかっていないと、谷村は苛立ってきた。

「運との巡り合わせを大切にするんだな」

しかし小塚は相変わらずだった。

「秘書になるのが運ですか」

「最高の巡り合わせじゃないか。総裁は公社に君臨するトップだよ。その総裁の覚えがめでたくなれば、糸の切れたタコだろう」

「何ですかそれは？」

「鈍いねェ。君は本当に東大法学部を卒業したのか」

「サークルは、どうしても早稲田に勝てない弁論部の所属でしたが、きちんと卒業はしています」

「やっと調子が出てきたらしいな。糸の切れたタコというのは、風があればどこまでも上がっていくということだよ。君には将来の総裁という可能性だってあるわけだからな」

そういう考え方もできるのかと、谷村はやっと小塚の説得にうなずいた。

2

落下傘だと言われながら、中沢雅人が郵信公社に初出勤したのは、第二次の曾根崎《そねざき》内閣スタートの年の一月、正月仕事初めの当日だった。総裁人事は暮れのうちに決まっていたのだが、中沢は勉強と称して家に閉じこもり、公社の人間があいさつに行っても、無視して会おうとしなかった。

中沢は、造船業の技術者出身であり、電話とか通信という事業については、なんの予備知識もなく、まずなによりも、実情を正確に把握しなければならないからと、正月休み返上で、勉強に精を出していたためだった。

郵信公社の新総裁に、畑違いの中沢雅人が決まった直接の契機は、近畿郵信局の不正経理事件だった。カラ出張やカラ会議で、十三億円にのぼる大金が、郵信局職員に裏金として支給されていたのである。

会計検査院がその不正を摘発したのが十月十日。そのわずかひと月半後に、経営改善の旗振り役として、中沢新総裁が繰り上げ発表になったのだから、それは慌ただしいとしか言いようのない政権交代劇だった。大手造船会社の社長経験者といっても、郵信公社についての中沢の知識は、電話や電報なら、みずから直接手にしたこともある……というぐらいの、主婦なみなものでしかなかった。

その中沢が、内幸町《うちさいわいちょう》の郵信ビルに姿を現したのは午前八時。役員はもちろん社員もほとんど出社していない時間だった。

「総裁室へご案内いたします」

慌てたのは守衛で、出勤者のいない四階の総裁室へ中沢を案内した。

そうとは知らず、中沢の専属秘書を承諾した谷村の出社は、始業時間の午前九時ちょうど。もっとも前春川総裁時代は午前一〇時が秘書課員の出勤予定時間になっていたから、それでも意識して早く顔を出した方なのである。

「もう総裁は出社しておられます」

秘書室へ入った谷村に、守衛の梅本良雄《うめもとよしお》が駆けつけてきた。

「脅かすなよ」

初めは冗談だと思った。末席の役員にしても、通常内幸町の本社へ出社してくるのは、一〇時すぎだった。それなのに一月の仕事始めに新総裁が九時に出社しているはずがないと、谷村は守衛を疑う目で見たが、すぐに血の気の引いた真顔になっていた。

谷村は慌ててオーバーを脱ぎ、ロッカーに入れておいてくれと秘書課の山本恵子《やまもとけいこ》に頼み、小走りで総裁室のドアをノックした。

「失礼いたします」

中へ入ると、小柄でやや太り気味な中沢が、ぼんやり立って、窓から透けていく日比谷《ひびや》公園の朝の陽を、眺めていた。

「君は?」

ゆっくり振り向いた中沢が、谷村を睨むように聞いた。

テレビのニュース番組や新聞の写真で、谷村は何度も中沢の顔を見て、牛のように愛嬌《あいきょう》のあるマスクだなと思っていた。だが面と向かった中沢は、確かに牛というか、滑稽《こっけい》な顔つきだったが、少し吊り上がった、老人に特有なブラウン系の大きな目は、人を射《い》る鋭い光を秘め、柔和《にゆうわ》さのかけらもなかった。

「総裁の専属秘書を務めさせていただきます、谷村栄治と申します。今日はお出迎えもいたしませず、申し訳ございませんでした。ただ昨年の暮に、何度か面会をおねがいしましたが、許可がいただけませんでした」

谷村は姿勢を正して一礼した。

向こうっ気の強い谷村だが、さすがに中沢より出勤時間が遅れた引け目は感じていた。さらに目の前の背の低いその男から、逆に精気の塊《かたまり》のようなものが押し寄せてきて、胸苦しい威圧感を覚えた。

この迫力に政財界が惚《ほ》れ込んだ……。

胸の中でつぶやいた谷村は、下げた頭をなかなか上げられなかった。

「それで、なにか用かね」

中沢はゆっくり自席に座ると、足をいきなり総裁机の上に載せ、谷村に靴の底を見せた。

なんという行儀の悪い男……。

谷村はしばらく声が出せなかった。

前総裁の春川は、秘書の谷村と打ち合わせをするときでも、部屋の中央に配置されている、応接セットに座るようにと、まず勧めた。それに較べ中沢はというと、椅子に反り返って机に足を載せ、谷村を睨み上げているのである。

無頼漢と紳士。二人のあまりの違い……というより、中沢の無遠慮さに谷村は呆れた。

そういえば二人は、姿恰好もまったく対照的だった。春川はほっそりした長身で、品のい い顔立ち、いつもオーデコロンの匂う、洗練された三つ揃いのスーツ姿だった。全身に相応な品位が漂っていた。

それに較べて目の前の中沢新総裁は、体型はいわゆるずんぐりむっくり、髪の薄い赤ら顔で、鼻柱が太く、大きな口である。どう見ても醜男だった。好意的に表現しても個性的な顔……としか、言いようがなかった。

それに服装である。

スーツをきちんと着てはいるが、体型にフィットした春川の、びしっと決めた背広姿を長く見てきたせいか、なんとも様《さま》になっていなかった。谷村の目には中沢が着ているスーツが、着古してどこかくたびれて見えた。品がいい……とはとても言えない。

「きょうは本年の初日ということで、特別に早くご出社されたのでしょうか」

「いや」

ぶっきら棒な、短い答えが返ってきただけだった。

「すると毎日この時間に？……」

「ああ」

受け答えをする間も、中沢は靴をはいた足を机に投げ出した恰好のままで、仏頂面ともいえる愛想のない顔で谷村を見つめていた……。というより睨んでいた。

「あの……きょうは何時に会社に出られたのでしょうか」

「八時だ」

中沢が投げるように言った。

これは大変なことになったと、谷村はうめいた。役員、それも総裁が、午前八時に出社するなど、郵信公社にとって前代未聞だった。秘書をしていた前総裁の春川は、一〇時の出社だった。だから、ほかの役員たちも、春川が顔を出すちょっと前に出社すればいいという、暗黙の諒解があった。

だが中沢新総裁が、毎朝八時に出社するとなると、その暗黙の諒解はどういうことになるのか。いわゆる重役出勤をしていた役員は、たちまち恐慌を来しかねない。

それに秘書の谷村は、もちろん中沢が出勤する前に、秘書室に控えていなければならなかったから、これはたまらないなと思った。

「役員の方々にそう伝えておきます」

「そんな必要はない」

「え?……。ですが役員が総裁より遅く出勤するわけにはいきません」

「放っておけ。強制してどうする。秘書の君もだ」

中沢が初めてまともに答えたが、それにしても予想外な指示だった。

「総裁が着任されますと、全国の支社に放送で訓示をされることになっています。日程を決めてもよろしいでしょうか」

「不要だな」

中沢がまたぶっきら棒な言い方に戻った。

「しかし前例になっていますので……」

「意味のないことにはこだわるな。ただ訓示については、ちょっとおれに考えがある」

中沢にそう言われては、恒例ではあっても、きまりきった挨拶《あいさつ》を、強いるわけにはいかなかった。

「広報部からも、総裁の定例記者会見の日程を確保してくれと、申し入れがあります」

「記者会見?……。暮れにやったばかりじゃないか」

郵政省が新しい人事を発表した当日、春川と中沢の新旧両総裁は、記者クラブでそろって短い会見をしていた。中沢はそれを指して、暮れにやったと言っているのだろうが、広報部が求めている記者会見は、郵信公社の記者クラブが開く、新年総裁会見のことだった。春川はもちろん代々の新総裁は、欠かさず会見に出席していた。

「暮れにやった会見は、総裁の顔見せ記者会見でした。ほかに歴代総裁は記者クラブで、毎週月曜日の午後三時から、定例の記者会見を行っています」

「無駄だな」

吐き捨てるように中沢が言った。

「ですが恒例、きまりですので……」

「それは公社としての記者会見か、それとも総裁としてなのか、どっちだ」

「郵信公社総裁としてです。副総裁やほかの理事では、総裁の代わりは務まりません」

谷村は中沢の顔を見つめ、一言ずつはっきりと言った。

「それなら仕方がない。しかし毎週というのは多いな。月に一度にしろと、広報部に伝えてくれ」

「それではクラブの記者連中から、抗議が殺到します」

「その代わり、なにか起きたらいつでも臨時の記者会見を開く。その線で記者クラブと交渉するよう伝えてくれ。いや、広報部にはおれが直接話そう。部長をここへ呼んでくれないか」

終始ぶっきら棒な、中沢の口調は変わらなかった。

「では通常の日程調整は、わたしがさせていただいてよろしいでしょうか」

総裁本人が行動日程を作るわけがなかったから、谷村は念のため中沢に聞いてみたのである。

「新栄重工から、古田正《ふるたただし》という秘書が来ることになっている。社内のことは君に委せるが、外部と絡むことは、古田と相談してやってくれ」

「かしこまりました」

深々と一礼して谷村が室を出ようとしたとき、後ろから中沢が呼び止めた。椅子から立ち上がった中沢が、なにかを考えながら谷村に近づいてきた。

身長一七二センチの谷村より、中沢は確実に一〇センチ近く背が低かった。

「ともかくいまは、組合の委員長に会いたいんだ。調整してくれ」

「すぐ予定を入れさせます。場所は総裁応接室でよろしいでしょうか」

「いや。わたしが組合本部へ行く」

長妻健一《ながつまけんいち》委員長が率いる全郵信労働組合は、ほぼ三十万人の組合員を擁《よう》する巨大組織で、公社を経営するに当たっては、無視できない一大勢力だった。だから新総裁に就任した中沢が、長妻委員長と初対面のあいさつをしたいというのはわかる。

だが郵信公社の総裁みずから、就任早々組合本部へ、委員長を訪ねて会いにいくなど、異例中の異例で、中沢の型破りな行動に、谷村は内心で吐息を漏らした。

それにしても中沢は、破天荒であり同時に無礼な人物だと思った。机に足を載せるだけならまだしも、そのままの恰好で打ち合わせをするなど、行儀が悪いというだけでは済まされなかった。

中沢総裁はいろいろと物議をかもしそうだなと、谷村はため息をついた。騒ぎが起きればその収拾にてんてこ舞いしなければならないのは、秘書の役目と決まっている。人を人とも思わない、こんな粗雑な人間とはつきあいたくない。秘書課居座りを承知したのは、どうやら失敗だったと谷村は思った。

悔やんでも仕方ないと、谷村は全郵信労組の事務局に電話を入れ、委員長の長妻に中沢新総裁の意向を伝えた。

「あすの午後三時ならいいですよ」

総裁の方から申し入れてくるとは、珍しいですねと、長妻は皮肉に言って、それでもあっさり承諾した。

長妻の返事を中沢に報告しようと、総裁室へ引き返すと、痩《や》せた顔色の悪い、谷村よりやや年上と思える男が、総裁室の中央の応接セットで、中沢と向かい合っていた。

「さっき言った、新栄重工からきた古田君だ。仲良くやってくれ」

紹介された古田が先に立ち上がり、軽く頭を下げて握手を求めてきた。背は谷村とさほど変わらなかったが、頬がこけて目が窪み、貧相な体格だった。

「古田さんと相談しながら、外部の日程を決めるようにと、総裁から仰せつかっております」

谷村が返礼として名刺を取り出したが、古田は受け取ろうとしなかった。怪訝《けげん》に思って古田の表情のない顔を覗きこむと、中沢が手を振って言った。

「社員同士で、いちいち名刺を交換するばかがいるか。名刺がもったいないじゃないか」

「はあ……」

谷村は間の抜けた返事をした。大物財界人……のはずの中沢にしては、ずいぶんこまかいことを言うなァと思った。

「用件はどうなった」

中沢がソファに座ったまま、立っている谷村を見上げた。

「組合委員長の時間が取れました」

あすの午後三時だと谷村が伝える。

「酒をな、そう、いい酒を二本、買っておいてくれ」

「酒……ですか。値段はどのぐらいのものがよろしいでしょうか」

「高くもなく安くもなくだ。三、四千円ぐらいのでいいだろう。組合へ陣中見舞いだから、熨斗《のし》をつけてくれ」

「総裁名で届けておきます」

「ばか。おれが持っていくんだよ。君も同席してくれ」

総裁が一升瓶を二本、自分の手にぶら下げて、本当に組合本部を訪ねるつもりなのかと、谷村は内心で首をひねった。中沢に真意を聞くわけにもいかないから、谷村は並んで立っている古田の顔色をうかがった。古田は驚いた様子もなかった。

これが中沢流なのか……。

前総裁とは明らかに勝手が違うが、中沢は総裁室でただふんぞり返っていないで、自分の足で動くつもりに違いなかった。民間出身の新総裁の行動力を、職員に示そうと考えているのかもしれなかったが、それならそれで秘書としての対応の仕方がある。しばらくはお手並み拝見で、大物財界人と言われている中沢の行動とかその発想を、しっかり観察してやろうと谷村は思った。

「業務成果向上手当ての予算化は、絶対に譲れませんよ」

東京・代々木《よよぎ》の国立競技場の近くにある、全郵信ビルの二階、広さ二十平方メートルほどの委員長室。初対面のあいさつが終わり、雑談に入ったとたん、長妻委員長が唐突に要求し、長妻と中沢はソファで睨み合った。

「いきなりの要求だね。だがそれではカラ超勤の制度化につながってしまいかねないでしょう。不正経理事件で世間から批判されているときに、できるものではないだろうね」

中沢の後ろの補助椅子に控えていた谷村は、ちょっと驚いて委員長の顔と、総裁の幅のある後ろ姿を交互に見較べた。長妻の突然の要求に、中沢がすぐさま応じたところを見ると、組合との対決点を、一応は正確に把握しているらしかった。総裁に就任したばかりだったが、ずいぶん勉強したらしいなと、谷村はすこし感心した。

「それはゼロ回答ということですか。それならこっちはストも辞しませんよ」

長妻が鰓《えら》の張った顔を、幾分か赤く染めて言った。

組合が要求している業務成果向上手当ては、合理化に努力した職員への報酬として、ボーナスに上積みして支給されていた。しかし努力した職員にだけ、プラスアルファーで支払うというなら問題はないが、全職員に一人平均十七万円を支給していた。それも財源を捻出するため、超勤簿の書き換えをしていたのだった。

谷村もいままでは、無意識にその恩恵にあずかっていたわけだったが、カラ超勤そのものには違いなかった。

長妻の正面切っての脅迫的な口調に、中沢がどう答えるのかなと、谷村は二人の様子を見守った。

「ストを構えて経営側と全面対決するのは、組合にとって得策ではないと思うね。この問題では、カラ超勤を正当化するものだと、政府筋の批判が強いし、民間はサービス残業が当たり前になっているから、世論の支持だって得られない。ストを打って損をするのは、組合だけなんだよなァ」

中沢がベランメエ口調で諭すように言った。

「しかし打ち切ったら、全職員の収入が減りますからね。既得権の侵害だと、組合員から総スカンを食います」

「だがカラ超勤を認めるような制度化は、なおさら許されないじゃないか。お互いに納得できる道を探る必要があるなァ」

「総裁はそのとき逃げないで、交渉のテーブルに着いてくれるんですね」

「そのつもりがなかったら、こんなところまで来たりはしない。だがわたしは組合に、いい顔だけ向けるようなやり方はしないよ。郵信公社の経営改善のために出て来たんだから、組合の気に入らないことも言うし、やるべきことはやる。だから協力できることは、協力しあおうじゃないか」

「組合を敵対視しないと約束してくれるなら、もちろん協力はします」

経営陣との交渉では、いつも攻撃的な長妻が、中沢には押されていた。一対一で向かい合うと、人間としての厚さや格の違いが、表れるのかもしれなかった。

中沢と長妻は二時間近くも話し込み、別れるときには多少なりとも、友好的な雰囲気が出来上がっていた。もっとも中沢は、会談でほとんど笑みを見せなかったから、やはり内心では緊張していたものであろう。

「君は組合員なのか」

総裁室に戻った中沢は、煙草を咥え、例の癖で机に足を載せ、デスクサイドに谷村を立たせたまま聞いた。

「いいえ。秘書になると組合を脱退させられます。それにわたしは二年前に、課長補佐になっていますから、そういう意味でも管理職に当たります」

「全郵信というのは、以前からああいう姿勢だったのかね」

「と申しますと？」

「カラ超勤は悪いとわかっていても、既得権益は絶対に譲らないという、委員長の態度だったな。どうして柔軟な思考ができないのかなと思っていたんだ」

「手にした権利は手放さないというのが、組合意識の根本ですから」

どうしてと問われても、組合員ではない谷村には答えようがなく、当たり障りのない返事をした。

「だが民間の労働組合は、もっと物分かりがいいぞ。発想が基本的に違うようだな」

「公社は役人のようなものです」

「上から下から横の方までユルフンか」

「え？」

「緩んだ褌《ふんどし》だよ。個人の懐《ふところ》を肥やすために、みんなナアナアでやっている。おかしいと思わないのかね」

「歴代総裁で、そういうことを言われた方はいません」

中沢の主張は明快で、その通りだったが、それだけに迂闊《うかつ》な答え方はできないぞと、谷村は言葉を選んだ。

「その答え方も、公社優等生の言い方なんだろうな。だが君には汗をかいてもらうから、覚悟していてもらいたい」

「秘書として、総裁のお役にたたせていただきます」

「やっぱり優等生の答えだな。ま、それはそれでいい。ところで君は、政界と郵政省の情報通なんだそうだね」

「多少の知己《ちき》がおりますから」

谷村はさらりと答えた。

「春川前総裁がわたしの専属秘書に、特に君を推したわけがわかったよ」

「どういうことでしょうか」

「情報通と言われれば、普通なら謙遜するところだが、君は胸を張って答えている。その鼻っ柱の強さを、春川さんは評価したんだろうな」

「生意気だということでしょうか」

「見方によってはな。だが公社のような大世帯だと、上には卑屈になる人間が多くなる。君のような鼻っ柱の強さは貴重でもある。ま、大切にするんだな」

褒められているのかけなされたのか、よくわからない中沢の言い方だった。だが、初対面のときに較べれば、きちんとした言葉になっているだけでも、理解しやすくなったといえた。

それにしても、笑わない人だった。まだたいしてつきあっていなかったが、頬を崩したところを一度も見ていない。

中沢に仕えるのは、気骨《きぼね》が折れそうだなと、谷村はさらに憂鬱になった。

3

肌を朱色に染めた恵子が、ハァーとかフウンなどと、喉にからませたハ行の小さな叫び声を、やたらとふりまいていた。

湯島天神《ゆしまてんじん》に近い、ホテルの回転ベッドの上で、谷村は秘書課庶務係山本恵子の、柔らかい肌を組み敷いていた。ブラジャーを肩から外し、真っ白いスキャンティをはぎ取っていたが、まだ挿入するつもりはなかった。

恵子も喘ぎを漏らしてはいるが、感極まるところまでは上昇しきっていない。

巨乳ではないが、仰向けになっても形が崩れない恵子の乳房を、両脇から寄せて深い谷間を作り、そこへ谷村は顔を埋めた。恵子の乳房から湧き上がる女の特有な匂いが、甘くて官能的だった。

尖った乳首に唇をかぶせ、乳輪を舌でなぞる。

「ア、アー」

恵子の喘ぎが大きくなり、皮膚から汗が滲み出してきた。谷村は脇腹から太股へ右手を滑らせた。まだ女の秘所に指を差し入れてもいないのに、恥毛は湿って温かかった。

恵子が焦れたように腰を突き上げて、恥骨を谷村の太股に押しつけた。谷村はすこし強く、ヘアーをなでこみ、手を前後に進め、左腿の内側を、くすぐるように指で刷いた。

恵子は思いきり下肢を開き、谷村の指を敏感な場所へ迎えようと腰を揺するが、花びらの周辺を、谷村は触れるか触れないかくらいの微妙なタッチで、何度も往復させた。

「もう。お願いよ。安心させて。あ、あ……。焦らさないで」

恵子が震える声で哀願すると、谷村の屹立した男のシンボルをしごいた。

長い髪が乱れ、透けるような白い背に散った。谷村は恵子の露《あらわ》になった首に唇を押しつけ、舌を滑らせ、さらに恵子の下肢を押し広げ、薄い皮膚に手を這わせた。

恵子のすすり泣くようなか細い声が、谷村を刺激した。

指先を這い上がらせると、恵子がピクンと反応する。谷村の指が恵子の割れ目に忍び入った。

「いいわァ」

声を詰めて恵子が言った。

「ヘアーまで濡れちゃっているぞ」

「早く入れてくれないからよ。ネ。きたわ。きたのよ」

恵子はシーツを摑み、ヒップを激しく震わせて、最初の頂に登った。谷村は俯《うつぶ》せになった恵子のヒップ側から、痛いくらいに勃起したままの欲望の塊を、一思いに突き進めた。

硬直したペニスは、すぐに熱くとろとろになった粘膜に包まれた。

「アア、ア、ア……」

なにかリズムに乗っている感じで、恵子は間欠的にうめいた。髪がうるさいのか、しきりに首を左右に振った。

「いってもいいよ」

「ああんだめェ。一緒よ。一緒にいくのよ」

言いながらヒップをせり上げる。しかし谷村の体重を支えきれずに、すぐにへたりこんだ。

「奥までいくぞ」

「きてェ。早く」

恵子は肩口を震わせながら、背中の谷村にせがんだ。谷村は恵子の腰を抱きこむようにして進めた。

「ああ。突っかえるわ」

深い挿入に、恵子が悲鳴をあげた。

「上になるか」

「でも、外すんでしょ。一度……」

エクスタシーは女性上位……が、恵子はいいはずなのである。ただそうなる体位の入れ替えが、不安だと言った。

「不安って?」

顔を覗きながら聞いた。

「一回離れなくちゃならないじゃないのよ。すぐに前と同じ感じになれるかどうか、それが心配なのよ」

「ドン欲だね女って」

言っているうちに、谷村はあっさりと体位を入れ替えた。

恵子は比較的肩はばが広く、すこし男っぽかったが、ウエストはしっかりと引き締っていた。中ぐらいの大きさの乳房は、対面に体を起こしても、垂れ下がるということはなく、立錐形で形のいい乳首がツンと上を向いていた。

全裸で観察すると、女は美しいと感じた。

女は美しい。美しいから、男は惑う――

上位にふり替った恵子が、色黒な谷村の胸に両手を支えて、思い通りに律動をはじめた。ゆっくりと、さらにはピッチを上げて、腰を深く落として恥骨をすりつけ膨らみの感触を確かめている。半眼になった瞳は虚《うつ》ろで、薄く開いた唇が、何度も大きくゆがみ、もっと深い快感を得ようと没頭していた。

谷村としても限界――

両手で恵子の膝頭をつかむと、谷村は前後に激しく擦りつけた。

「アッ、いい、イクー!」

　恵子が口を一際大きく開き、悲鳴のような声を上げ、一瞬で達した。そのとたんに谷村は、強い力で締めつけられ、耐え切れなくなって、したたかに放出した。腹部に谷村の白い精液を浴びた恵子は、再び全身を硬直させて息を詰め、やがて弛緩《しかん》すると谷村の上に突っ伏してきた。

　二人とも、息が収まるまでなにも言わなかった。というより言葉を出せないほど、呼吸が荒かった。

「ネ。聞いてもいい？……公社の今度の総裁って、ずいぶん細かいことを言うんですってね。あんなんで総裁が務まるのかしらって」

　谷村から胸を離し、再び仰向けになった恵子が、思い出したように言った。筋肉が弛緩して、口を利く心境ではなかったが、谷村が低く反応した。

「総裁は造船会社の社長をやっているときに、深刻な造船不況に直面したからね。節約が体の芯まで滲みついているんだ」

「そうよ。ケチなのは確かだわ」

「考えながらのケチだね」

「角砂糖騒ぎって知ってる？」

「角砂糖って、コーヒーに入れる砂糖のことか」

「やめろって、総裁が指示したのよ」

「健康を考えて、砂糖はいらないっていうこと？」

恵子の言っていることがよくわからず、谷村は首をひねった。

「違うのよ。会議でコーヒーを出すとき、角砂糖をそれぞれのカップに二つずつつけるんだけど、それをやめなさいって言うのよ」

「なぜだろう」

「お砂糖を使わない人もいるでしょ。それに使ったとしても、健康を考えて一つしか入れない人とか」

「おれもブラックだよ」

「そうすると角砂糖がお皿に残るけど、それをもう一度、別なお客さまに出すわけにはいかないから、結局捨ててしまうのよね。総裁はそれがもったいないって言うの」

「もったいないか……。それでどうすることになったんだ」

確かにもったいないが、中沢のことだから、なにか狙いがあって指示したのだろうと、谷村は思った。

中沢は総裁に就任して一か月で、次々と新機軸を打ち出していた。早い時期に手掛けたのが、会計検査院から人を招いての、綱紀《こうき》粛正《しゆくせい》だった。そして業務執行改善委員会を立ち上げて、自分が委員長に就任し、内部の膿《うみ》の洗い出しに着手したのだった。

つぎに各部局で大騒ぎになったのが、月次決算の導入。

公社は年間予算制だったから、予算が余れば来年度計画から削られてしまうと、ついた予算をいかに使い切るかが仕事だった。だから各月々の決算を導入しろと指示されて、なんでそんなことをするのかと、どの部署も、中沢の指示に首をひねった。

月次決算導入の狙いがどこにあるのかは、まだ最初の一月度の決算が出ていなかったから、判然としなかった。だが型破りな行動や考え方をする中沢のことだったから、それには深謀遠慮があるのに違いなかった。

「お砂糖壺ごとお砂糖をネ、出しなさいって言うのよ。それだったら好きな量を自由に入れられるし、残っても捨てる必要がなくなるから」

「合理的ではあるな」

「それで幾ら節約できるか知らないけど、公社の総裁にしてはちょっとみみっちいわね」

「意識改革を狙っているんだよ」

鏡を張ったラブホテルの天井を見上げて、谷村はぽつりと言った。口にしてから、そうに違いないと確信が湧いてきた。

「どういうこと?」

不思議そうに恵子が谷村を覗きこんだ。

「一種のショック療法じゃないかと思うんだ。紙騒動だってそうだしね」

「総裁って、書類が何枚もあると、本当に眼を通さないの?」

「書類を上げた人間を呼びつけて、突っ返してしまうんだよ」

職員を総裁室へ呼び入れるのは、谷村の役目だったから、中沢に呼びつけられた部長クラスの幹部が、提出した書類を突っ返されて、冷や汗をかいている場面を、何度も目撃していた。

「二枚以内にしないとおれは読まん。そう伝えたはずだが忘れたのか」

机に足を上げたままの、いきなりの雷である。呼びつけられた方にしてみれば、初めのうちすぐには事情が飲み込めず、中沢の怒りが収まるまで、首をすくめているしかなかった。

「書類を何枚も作っていたら、紙の無駄じゃないか。作る時間も無駄だし、読む時間も無駄。無駄だらけだ」

それが幹部を呼びつけて書類を突っ返すときの、中沢の決まり文句だった。

枚数が多いほど、丹念につくったいい書類だという、長年の慣習にどっぷり浸かってきた郵信マンにとって、中沢の発想は正反対の極みだった。

「通達がしっかりしておりませんと、職員が動きません」

呼びつけられた幹部のなかには、気丈にも中沢に反論する人間もいたが、そうなると肝《きも》を冷やす怒声が爆発する。

「馬鹿野郎。水をかぶって出直してこい！」

怒鳴るだけならともかく、靴をスリッパに履き替えていれば、それを相手の顔目がけて投げつける。もっと機嫌が悪いときは、デスクの上の本を、さすがに顔は避けるが、思いきりぶつけるのだった。

誰が同席していてもおかまいなしで、谷村は最初のうち中沢のその剣幕に、秘書とはいえ恐れをなした。だが慣れて観察する余裕ができてくると、スリッパは思いっきり投げるが、本の方は力を抜いて、顔には当たらないようにしていることがわかってきた。物を投げる姿だけ見れば粗暴だが、実は計算しつくした行動だったのである。

「え！　総裁ってそんなことするの？」

スリッパの話をすると、恵子が驚いて上体を起こし、谷村の顔を見つめた。淡い照明に浮き上がった乳房を、恵子が慌てて肘で隠した。

「だからまさしくショック療法。スリッパをぶつけられた局長さんのなかには、その場で卒倒した人もいたって言うから」

それはちょっと大げさだったが、総裁室を出たとたんに、膝が力を失って倒れそうになった幹部職員が、何人かいたことは事実だった。

谷村は中沢の発想や行動を観察していて、どこに狙いがあるのか、すこしずつ読めるようになってきた。中沢本人の解説のせいでもあった。

「ここには郵信語という、特別な言葉があるんだ」

総裁就任の半月後に、谷村は中沢から問いかけられて首をひねった。

「専門用語でしょうか」

「専門も専門、公社の人間にしかわからない言葉だ」

まるで禅問答で、谷村は答えようがなく、黙って立っていた。

「公社の常識は、非常識ということだな。世間では通用しない。そういう常識を捨て去らないと、経営改善などできはせんよ」

「たとえばどんなことでしょうか」

「いつまでも職場を銭湯と間違えていたり、実際社長室にはシャワーがついていて、バスローブ姿で電話の応対をしていた社長なんかも、すくなくなかったらしいからなア」

「戦前ですか」

「十四、五年前の話だ」

中沢が怒ったように言った。

「じゃ春川総裁も郵信温泉を愉しんだのでしょうか」

「あの人は人格者だからな」

中沢は区別して答えていたが、本気で怒っていた。

「総裁室や社長室に、専用バスタブを据える時代ではありませんね」

「あたりまえだ」

怒っているようで、実は機嫌は悪くなさそうだったから、谷村は勇気を出してさらに聞いた。

「政財界トップが集まる財界宴席で、昔は重要なことがみんなその場で決まっていたらしいですから、宴席に出るのが総裁の仕事だったのでしょうか。だから会社の風呂に入ってから出掛けるなんてことも、あったのでしょうね」

「いまとは時代が違っていた。いつまでも総裁が殿様であってはならないんだ」

諭すように言った中沢に、この人は本来潔癖な性格なんだろうなと谷村は思った。といって中沢が、宴席を毛嫌いしているかといえば話は別で、スケジュール表に宴会の予定を入れるのを嫌がるふうもない。要するに、総裁室に風呂などという、そこまでの非常識なことは、いい加減にやめろと、言いたいのに違いなかった。

「本当に総裁室にお風呂がついていたの？」

恵子が眼を丸くして聞いた。いまは秘書室でも、その事実を知っているのはごく一部だけで、極秘扱いのはずだったから、秘書課に勤務しているとはいえ、昔のことなので、女の恵子が知らないのは当然だった。

「春川前総裁以前は、皆さんときどき使っていたらしいな」

「ウッソー！　郵信の総裁室にもお風呂があっただなんて、冗談じゃなく本当なのね」

「やはりそう思うだろう。そんな常識外れのことが、郵信公社には一杯あるって、中沢総裁は言っているんだ。総裁は郵信語と名付けているんだけど、徹底した改革をやるつもりらしいな」

「どんなことをするのかしら」

「もういろいろと打ち出しているけど、ちょっと突拍子もないところがあるから、予想がつかないんだよ」

公社の常識にとらわれていては、中沢の考え方を理解できないから、最近の谷村は意識して、財界人の伝記などを読むようにしていた。そして中沢が師匠と仰ぐ、経済連会長の水上康彦が、わずかな生活費だけを残し、あとは収入のほとんどを、母親が創立した女学校に、寄付していたと知った。

それでは贅沢ができないわけで、経済連会長が夕食のおかずに、三匹のメザシを喰べる質素な生活……という伝説が、わかってくるのだった。だからきっと、水上は宴席を敬遠していただろうなと思い、中沢が機嫌がいいときに、そう聞いたことがある。

「馬鹿言え。水上さんくらい宴会の好きな人はいないんだ。水上さんはおれなんか比較にならない遊び人さ」

予想外な返事が戻ってきて、人というのは、特に財界人と呼ばれる人達は、表面だけではわからないものだと、谷村はつくづく思った。

「あなたのように頭が切れて、総裁のすぐ近くにいる人でも、見当がつかないの？」

恵子が不思議そうに聞いた。

「発想の基本が違うからね」

「でも反発する人もいるでしょうね」

「まあね。だけど相手は総裁という絶対権力者だよ。歯向かいようがないから、幹部職員はみんな、戦々恐々《せんせんきょうきょう》として首をすくめているんだ」

「あなたはどうなんですか」

「どうって言われても、おれは一介の秘書だから」

答えにならない答えをしてから、谷村は自分自身に問いかけてみた。お前は中沢のことを、どう思っているのか……と。

初対面でいきなり靴の底を見せられ、無礼なやつ……と腹を立てた気持ちは、不思議なことに消えていた。そしていまは、中沢の考え方や行動を冷静に観察し、実行力の凄まじさに舌を巻いていた。だがどうしても、中沢の粗暴さだけは好きになれなかった。

しかしこれでもし、中沢が春川のような紳士だったら、どうだろうかと谷村は自問自答した。

タイプで言えば、谷村は紺のスーツに赤系統のネクタイを結んだ、隙のない春川のような紳士が好みだった。周囲の者には春川の発想は予見しやすく、秘書としての勤めも楽だったからだが、実は物足りなさも覚えていた。ところが中沢はというと、谷村の予想すらしなかった奇抜なことを、平然と実行する行動力があった。

「出張はいつからなの?」

恵子が体をすり寄せて聞いた。

「来週の月曜日から札幌へ行くよ」

「浮気しちゃだめよ」

「できるわけがないだろう。総裁のお供なんだから」

予想外なこととして、中沢はなにを思ったか、全国の支社行脚《あんぎゃ》をはじめたのである。歴代総裁も時たま地方へ出張することはあったが、それはどうしても出掛けなければならない、重要な用事があるときに限られていた。だが中沢は、全国に十一ある支社のすべてを、半年以内に回れるようにと、日程の調整を谷村に命じた。

中沢の狙いは現場職員の声を、じかに聞くことだった。

まるで水戸の黄門様だな……。

中沢の指示を受けた当座、谷村は内心苦笑した。どうせすぐに飽きて、全国行脚を取り消すだろうと思っていたのだが、すでに三度目の出張になっていた。この調子だと、本当に全国の支社を、半年であっさり回ってしまいそうな勢いだった。

「でもそれぞれの支社長さんが、総裁を接待するんでしょ。料亭で奇麗どころを呼んで、どんちゃん騒ぎをするに決まっているわ」

「そう言えば中沢総裁になってから、お偉方の宴会遊びが逆に増えちゃってるんだ」

「二重人格ね。本当はみんなケチなのに」

「七十すぎの年寄りにしてはね」

悪ぶって言ったが、恵子と話していて谷村は、中沢の底知れぬパワーに、魅力を感じている自分を発見した。

4

「公社の中堅幹部を中心に、民営化推進運動が起きているのは、ご存じでしょうね」

四度目の総裁の記者会見で、郵信記者クラブに常駐している、経済新聞の記者の一人が質問した。会見場には三〇人ほどの記者が集まっていた。

総裁会見は月に一度に減っていたから、四度目ということは、春たけなわの四月になってからの会見だった。

中沢が総裁に就任した直後から、郵信公社を民営化すべしという声が、政財界でわき上がっていた。初の民間総裁が誕生したせいもあるが、最大の原因は、中沢総裁登場の一か月後の二月に、第二次の臨時行政調査会、いわゆる第二臨調が発足したためだった。

「行政改革に政治生命をかける」

時の総理の決意表明を受けて、増税なき財政再建を目指し、中沢の師匠とも言うべき水上康彦が、第二臨調の委員長に就任したのである。

中沢を郵信公社総裁に強く推したのは水上で、その水上が第二臨調の委員長となれば、民営化は水上と中沢の出来レース。既定路線にほかならないと、世間だけではなく公社の人間も、受け取ったのだった。

だが公社内の、保守的な社員の大勢は、民営化反対だった。記者の質問は、そんななかでこのところ民営化に賛成する若手経営者が、目立って台頭していることを、ふまえたうえでのものだった。

中沢総裁の秘書として、記者会見場の隅に控えていた谷村は、中沢がどう答えるか耳を澄ましていた。

「知っています」

相変わらず無愛想な中沢の答え。

「それをどう思われますか」

「人にはいろいろな考えがありますから、わたしが必要以上に論評することではないと思います」

「では総裁自身は民営化について、どう考えておられるのか。賛成なのか反対なのか、そのあたりはいかがでしょうか」

食い下がる記者の質問に、中沢が肉付きのいい顔を露骨にしかめた。

「民営化するかしないかは、公社が判断することではなく、いまは政府が決めることになっている。わたしが公社の総裁になった目的は、経営の改善です。その面ではわたしの考えが、徐々に公社内に浸透してきていると、自負しております」

「しかし政府も財界も、いまは民営化で動いています。第二臨調でも民営化が打ち出されるのは確実です。それについての総裁の考えを、三〇万人の職員に、明確にされるべきではないでしょうか」

　中沢の顔が赤く染まり、谷村は体を強張らせた。まさか記者相手に、スリッパや本を投げつけたりはしないだろうが、癇癪《かんしゃく》を爆発させかねない顔色だった。

だが谷村の心配は杞憂《きゆう》だった。中沢はすぐに平常の顔色に戻り、質問に答えた。

「いま公社は大幅な黒字経営になっている。これだけの利益を出している公社の民営化を、どう説明するかでしょうね」

　わかったようなわからないような返事である。聞きようでは、現状維持、民営化反対とも受け取れる発言だった。

　谷村は中沢のその答えに、ほっと胸をなで下ろした。

　普段の中沢は、支社行脚での講演はもちろん、記者会見でも、事務方《かた》が作った、想定問答集どおりの発言をすることは、皆無に近かった。今回の記者会見でも、民営化についての意見を聞かれたら、どっちつかずの返事をするように、実は谷村が模範回答のマニュアルを作っていた。中沢がそれを使うことはないはずだったが、珍しく谷村が書いたとおりの発言をしたのである。

なにか狙いがあるな……というのが、中沢発言を聞いた谷村の感想だった。

〈中沢郵信公社総裁、民営化に反対か〉

翌日の新聞が、民営化賛成派と反対派の対立を、あおるのが目的でもあるかのように、ここぞとばかり面白おかしく書き立てた。当然、公社内に動揺が広がった。

「機嫌はいいかい」

職員局長の大屋《おおや》守《まもる》が、身長一七六センチ、体重八〇キロの大柄な体を揺すり、秘書室に入ってきて、谷村に親指を立てて聞いた。

「あまりよくないですね」

大屋を総裁室へ案内しながら谷村が答えた。

「まいったな。総裁はどんな用件でおれを呼んだのかな。なにか聞いていないか」

秘書なら知っているのが当然というような、大屋の聞き方だった。

「きのうの総裁発言を、職員がどう受け取っているか、多分お聞きになりたいんじゃないでしょうか」

公社の職員局は人事だけではなく、労務対策も受け持っていたから、大屋は組合員の反応を、いち早く把握できる立場にあった。

「そうか……。君にも見当がつかないか。ところで今夜、空いてないかね」

「わたしですか。調整はつきます」

中沢の夜の宴席には、主として谷村が、同行することになっていたから、古田は夜の鞄持ちの役目を免除されていた。その代わり朝は、八時に出てくる中沢より早く出社し、日常業務に対応していたから、昼間は古田が、そして夜は谷村がという役割分担が、いつの間にか出来上がっていた。

「晩飯でもどうだい」

「いいですね」

大屋は谷村より一五歳近くも年上だったが、いままで職場が一緒になったことがなかったから、親しいつきあいをしているというのでもない。誘われるのも一年に数えるほどで、それこそなにが目的なのかと、谷村は内心で首をひねった。

総裁の中沢を、財界人との会合に送りだした谷村が、大屋に指定された銀座の割烹料理店〈浜田〉に着いたのは夕方七時。通されたのは八畳の日本座敷で、すでに大屋が、文書課長の宮崎《みやざき》元《もと》雄《お》を引き連れて待っていた。

文書課は、政治家や郵政省との接触担当で、多くの機密に関与していたから、谷村が一度はやってみたいと思っている職場だった。

「総裁発言で職員の動揺が激しいと説明したら、これがすごく心配していたよ」

谷村が宮崎の隣に座り、ビールで乾杯したあと、大屋が親指を立てて二人に言った。

「そうですか。総裁はあまり心配していないように、わたしには感じられましたが」

あえて反対のことを言ったわけではなく、谷村の正直な感想だった。

「だけどね、例の海援隊《かいえんたい》のことを、根掘り葉掘り聞かれたからなア」

民営化に賛成の若手管理職が、〝革命の志士〟と称して、最近になって盛んに勉強会を開き、仲間を募っていた。そんな動きが記者の耳に入り、会見での質問につながったものに違いなかった。

その〝革命の志士〟のなかに、みずからを〝海援隊〟と呼んでいるメンバーがいた。

海援隊は幕末に坂本竜馬《さかもとりようま》が、自由に世界へ羽ばたくという思想で作った、組織である。民営化賛成の若手管理職たちが、その自由にあやかろうと気負って命名したものだった。そして大屋が彼らのことを、〝革命の志士〟ではなくてあえて〝海援隊〟と呼んだのは、自由化、つまり民営化に賛成だからなのかどうか……。

谷村は大屋の骨張った大きな顔をのぞきこんだが、どうやらそれほど深い考えがあって言ったものでは、なさそうだった。

「海援隊があの発言をどう受け止めたかについては、総裁もたしかに、ちょっと気にされていましたね」

「民営化が既定路線だとしたら、海援隊は大きな推進力になるからな。海援隊のメンバーは、もう一〇〇名を超しているんじゃないかな。そうだろ宮崎君」

社内では技術系を中心に、民営化反対派が圧倒的に多かった。そのなかであえて民営化賛成を唱えるのは、相当な勇気が必要だったが、ぬるま湯的な公社の体質に、飽き足らない若手が、増えているのは疑いなかった。

「一五〇名はいっているでしょう」

宮崎が答えた。

「総裁発言で、彼らは動揺しているんでしょうか」

海援隊が中沢発言をどう受け止めているのかと、谷村が聞いた。

「いったいわれわれは、これまでなにをやってきたんだろうと、思っているんじゃないだろうか。総裁に裏切られたと、海援隊のメンバーは感じているはずだよ」

大屋が重々しく言った。

「わたしも局長と同じ情報を得ています」

宮崎が相槌を打った。

「そうだとすると、ちょっとうまくありませんね」

本気でそう思っているわけではないが、谷村は二人に話を合わせた。

「腹を割って話そうじゃないか谷村君」

すかさず大屋が聞いた。

「腹って、どういうことですか」

「記者会見での総裁の発言だがね、あれ、本音じゃないんだろうな。そう思わないか」

「そうですかねェ。中沢総裁は意外と正直ですよ」

谷村は自分が書いた筋書きに、中沢が乗ってきた結果だと口にするわけにもいかず、ストレートな返事を避けた。

もし総裁の中沢が、いま民営化にたいする姿勢を明確に打ち出せば、職場の中で賛否両論が巻き起こって、公社は収拾がつかなくなる。だから、公社の扱いを決めるのは政府であって、われわれはマナイタの鯉だという言い方が、中沢の口癖になっていた。

そのとおりだったが、中沢の腹はとうに固まっていると、谷村は睨んでいた。

そしていつも中沢の身辺に密着している谷村が、賛成でも反対でも、どちらかに比重を置いた返答をすれば、それはそっくり中沢の考えだと、大屋が受け取るに決まっていた。そうなったら大屋は、地位に執着する人物だけに、中沢に取り入ろうと、派手な動きをするはずであり、公社内が大騒ぎになりかねなかった。

うかつなことは口にできなかった。

「一日のうち、総裁と顔を合わせるのは、公社では君が一番多いんだよな。従って総裁の考え方もよくわかっているはずなんだ。総裁は民営化に賛成なんだろう」

探りを入れた大屋に、谷村はわざとらしく首をひねって見せた。

「もしそうなら、海援隊をバラバラにするようなことを、記者会見であからさまに言うでしょうか」

「それはそうなんだが……。総裁はなかなかの策士だからネ。ああいう発言に職員がどういう反応を示すか、観測気球を上げたんじゃないのかな」

「わたしにはなんとも言いようがありません」

「徹底的にお惚けか。まあ君の立場じゃ本当のことを、開けっ広げに言うわけには、いかんわな。ところで南原《なんばら》副総裁があの発言をどう受け取ったか、知っているか」

大屋が谷村の関心を引こうとしてか、意味深長な笑いを浮かべた。

「聞いたんですか」

谷村が問い返した。

郵信公社は〝通信〟という、先端技術を扱っている業種だけに、人事面では技術系が優位に立っていた。しかし総裁については技術系と事務系から、交互に出すタスキ掛け方式が、暗黙の合意になっていた。そこで事務系出身の総裁は、技術畑出の副総裁に遠慮するのが常だった。

そしてもし不正経理事件がなくて、前総裁の春川がストレートに任期をまっとうしていたら、次の総裁は南原公平《こうへい》だったかも知れないのである。

そこへ政財界の一致した推挙を背景に、新栄重工の社長を退任していた中沢雅人が、落下傘で飛び降りてきたのだった。中沢は工学博士で、新栄重工では天才技術者とまで言われた大物だった。もちろん技術系である。

これでは自分の出番がなくなると、副総裁の南原が不安を覚えるのは当然だった。

「コウヘイさんは、意外と甘いんだよな」

南原は公社内で、一般職員からの人望があり、バランス感覚のある人物だというので、コウヘイさんと親しみをこめて、呼ばれていた。

だが大屋の口調には南原にたいして、そんな親しみはなく、むしろお人好し南原への、軽蔑した気配が感じられた。

「どういうことですか？」

「総裁の発言を、本音だと受け取っているのかな」

「南原副総裁は民営化に反対でしたよね」

谷村は男にしては目鼻だちのくっきりした南原の、大ぶりな顔を思い浮かべた。学生時代はアメフトをやっていて、そのせいで骨太で大柄なスポーツマン。腹がすわっていて行動力がある、技術系には珍しいタイプだった。

「絶対がつくほどね。土木屋さんの村井《むらい》理事と話していて、そういう結論になったらしいんだ」

理事の村井隆一《りゅういち》は、東大土木学科の出身で技術系だったが、電気や機械が主流の公社内では、技術系で役員になったというのに、周囲から軽んじられ、あれは土木屋だ……などと、不本意なアダ名で呼ばれていた。

「理由でもあるんですか」

「記者会見の席での発言だから、重みがあるって、土木屋さんが言ったらしいよ」

「そういうもんですかね」

谷村は村井の整った顔を思い浮かべて、浅い読みをする人だなと、つい失笑した。

「やっぱり中沢総裁の本音は、民営化だな」

大屋が鋭く切り込んできた。

「どうしてそう思われるんですか」

「いま君は笑ったじゃないか」

「え？」

「土木屋さんの発言をさ」

大屋が頬を緩めて言うと、谷村の杯を満たした。人の顔色を読むというのは、おっとりした顔つきに似合わず鋭い男だと、谷村は大屋を見直す思いだった。

「笑ってなんかいませんよ。でも局長には、油断も隙もないですね」

「この局長は勘が鋭いから、敵に回したら恐い人だよ」

宮崎が大屋を持ち上げたが、確かにそうだと谷村も思った。

「そろそろ行くか」

大屋が宮崎に目配せした。

「若いピチピチ揃いの、例のところですね。谷村君もつきあうよな」

宮崎が嬉しそうに笑いかけてきた。

店を出て、大屋と宮崎の後ろに従い、夜の銀座を歩きながら、妙なことになったぞと、谷村は苦笑した。これではまるで大屋親分に従う子分二人……というさまではないか。それにしても谷村を呼び出して、中沢発言の真意をただすというのは、さすがに大屋は勘どころを押さえているなと、谷村は思った。

確かに谷村には、中沢の腹の内はわかっていた。

「郵信公社の総裁なんて、新栄重工の社長に較べれば、工場長以下だよ」

中沢が苦笑交じりに言った言葉を、谷村は思い出した。あのときの中沢は機嫌がよく、応接ソファで谷村から、日程の説明を受けたあと、ぼそりと言ったのである。

「三〇万人を超える職員のトップが、工場長以下なんですか」

谷村は中沢を見つめて言った。

中沢は目を細めて、唇をかすかに歪めていた。公社内で中沢は、〝笑わない男〟と思われていたが、半年近くも専属の秘書として、身辺に密着していると、それなりに喜怒哀楽の表情が、読めるようになってくる。怒ったときは顔を真っ赤にするから、誰でもすぐにわかるが、〝笑わない男〟でも、笑うときはわからないように笑うものだとわかったのは、最近のことだった。

目を細めてわずかに唇を歪める。それが中沢の笑い……苦笑だった。

「職員が何人いても、飾り物では意味がないんだよ」

吐き捨てる中沢の言葉。

「政府に規制されておりますから」

「理事の人事などは、いちいち郵政省におうかがいを立てて、政治家にも説明して歩いて、根回しをしなきゃならん。あれをやっては駄目、これをやっても駄目じゃ、実権なんてなにもない。おれがやれるのは経費削減ぐらいしかないんだから、民間じゃ工場長以下の権限さ」

「そういうものでしょうか」

谷村は中沢の断定に返答のしようがなかった。

「それに報酬にしても、新栄重工時代の半分になったしな。ま、金のことはどうでもいいが……」

また中沢が唇をかすかに歪めた。

聞いていて谷村は、そうだろうなと思った。公社職員は〝みなし公務員〟だったから、郵政省の事務次官を上回る報酬を、たとえ郵信公社の総裁でも、支給できない決まりがあった。

だが民間は、業績さえよければ青天井にも、どうにでもなるのだった。

だから俸給が半分になって、不満だ……というのではなさそうだった。

「でも職員の給料がもし下がったら、労働意欲をそがれるでしょうね」

「人生は金じゃないよ。新栄重工が、いくつかの造船会社が合併して誕生した会社だってことは、知っているよな。当時おれはアメリカのキング造船に出向していて、合併会社へ常務で呼び戻されたんだが、給料はやはり半分になったよ。それでも文句を言わなかった。もっとも公社職員の給料は、かねがねなんとか増やしたいと思ってはいるがネ」

三六歳の谷村の年収は、ボーナスこみで約五二〇万円だった。民間大企業の世間相場に較べれば低い方だったから、給料が上がるのは大賛成だった。

「職員の給料にしても、いろいろと規制があるのではないでしょうか」

「だからそれをぶっ壊すんだよ」

中沢の厚い唇から、タバコのヤニで汚れた前歯がのぞいていた。紛れもなく笑ったのだが、知らない人が見れば〝牙〟を剝いたとしか思えないかもしれなかった。中沢は規制をぶっ壊すという言い方をしたが、それは即ち公社をぶっ壊すことにほかならなかった。

つまり公社の民営化……。

それが中沢の胸のうちだと、谷村は理解していた。

「ここの四階だ。面白い店だぞ」

先頭を歩いていた大屋が、雑居ビルの前で足を止めた。中沢とのやり取りを思い浮かべていた谷村は、前を歩いていた宮崎にぶつかりそうになり、かろうじて踏みとどまった。

「店へ入る前から興奮しているのか」

宮崎が丸い顔の厚い唇を、好色そうに歪めた。

「どういう店か知らないのに、入る前からどうして興奮するんですか」

谷村はむっとして言った。

「鼻っ柱が強いとは聞いていたが、想像以上だな。だからあの総裁の専属秘書が務まるんだろうがね」

大屋が二人を取りなして、エレベーターに乗りこんだ。

第二章　暗闘

1

プロポーションがよく、脚が細く長かったから、ウエストの引き締まった福沢美也《ふくざわみや》は、単に女性としては長身だと言うより、いまどきの美人……と呼ぶべきなんだろうなと谷村は思った。

ただ一七三センチの男の谷村と、ほとんど身長が変わらないという点が、不満と言えば不満。

「総裁が意表をつくことを言うかもしれませんが、そのときは許してください」

総裁室へ入る直前に谷村が言った。

「突飛なことを言われる方なんですか」

「そうではないんですが、勉強不足の記者がインタビューに来ると、出直してこいって突っぱねたり、睨みつけて、質問に答えなくなったりしてしまうんです」

美也はアメリカに本社を置く、デーリーニューズ日本支社の女性記者で、いまから総裁の中沢に、インタビューをすることになっている。だが外国の新聞でそれも女性記者だったから、郵信公社の経営に詳しいはずがなかったし、質問によっては中沢が、例によって横を向いてしまいかねず、谷村は前もって警告しておいたのだった。

「女を邪険にする方の扱いには、慣れていますからご心配なく。大物経営者って、そういう人が多いそうですね」

美也が整った丸顔に笑みを浮かべた。

眼は切れ長で瞳が黒い。形のいい鼻と唇は小さく、可愛いという感じだった。もう二七、八歳だろうから、可愛いというのは失礼かもしれなかったが、それがぴったりの表現で、谷村はほかに言葉が見つからなかった。

美也のその可愛い笑みに、谷村は引きつけられた。

美也が言ったことは事実だった。

大物経営者と言われるような人物は、たとえ相手がマスコミの関係者、新聞記者でも、特にへつらおうとはしなかった。

総裁室へ案内すると、美也は中沢と改めて名刺を交換、応接ソファで向かい合った。美也は悪びれた様子もなく、背筋を伸ばして胸を張っている。

「デーリーニューズの記者なら、記事は英語で書くんでしょうな」

美也が質問をする前に、中沢総裁がにこりともしないで聞いた。

「日本語の記事を、英文の紙面に載せるわけにはいきません」

美也が当意即妙な返事をした。

「なるほど。だったら英語で質問してくれないか。わたしも英語で答える。その方が記事にしやすいだろうからね」

とんでもない要求をするものだと、中沢の後ろに控えた谷村はすこし呆れた。

「わかりました」

美也が日本語を口にしたのは、わかったと言ったこの一言までで、後は流暢《りゅうちょう》な英語で質問をはじめた。中沢がほう！　というように眼をみはった。

中沢はアメリカの造船会社で、一〇年ほど社長をしていたから、英語はお手のものだった。だがその割に中沢の英語は、たとえば〈ウオントツー〉を〈ワナー〉と発音する類の米語である。一方の美也は、一語ずつきちんと発音する、キングズイングリッシュだった。発音の美しさや話し方、表現の仕方は、中沢と美也とでは歴然とした差があった。

美也の英語には、伝統にのっとった風格めいたものが、感じられるのだった。

「あなたの英語は、まるでネイティブだね。卒業した大学はどこですか」

中沢は美也に興味を持ったらしく、インタビューが終わると一転して、日本語で褒め言葉を並べたてた。

「大智大学の英語学科です」

「あの大学の授業は、すべて英語だと聞いているが、本当かね」

「英語の時間だけです。まさか数学を英語で教えるわけには、いきませんもの」

「これは一本まいったな。また気が向いたら、インタビューに来てください。歓迎するよ」

中沢は膨らんだ顔を崩しはしなかったが、一応は美也を気に入ったのか、優しく労《いたわ》るように言った。ほかの記者にはしない大変なリップサービスだった。

「すこし補足取材をさせてください」

総裁室から出た美也が、谷村に言った。

「天気もいいですから、日比谷公園の野外喫茶でお話ししましょうか」

「職場を放棄してよろしいんですか」

「補足取材を受けるんですから、立派な就業中です」

じゃ行きましょうと、美也がくすっと笑って先に立った。

日比谷交差点まで歩いて、バラ園が見える日比谷茶廊で、谷村は美也と向かい合った。ゴールデンウイーク前の、過ごしやすい季節で、午後三時の日差しは暑くもなく寒くもなかった。眼の前の花壇に、赤や黄色、白のバラが咲きはじめたところだった。

美也はすこし地味な紺のワンピースを着ていたが、ショートカットの髪と艶のある頬は、咲いているバラより輝いているように、谷村は思った。

「お疲れさまでした。ガラの悪い総裁で恐縮です」

「きれいな英語とは、決して言えませんでしたわね」

美也が首を傾けて笑った。屈託のない笑顔だった。

「それよりもレディーの前なのに、汚い言葉を何度も使っていましたね」

「谷村さん、あの言葉がおわかりになるなんて、英語がお得意なんですね」

美也が眼をみはった。

「ロンドンに二年いましたから」

「留学されていたんですか」

「給料を貰って……ね」

「じゃロンドン駐在員」

美也が急に英語で聞いた。

「公社に留学制度があるんです。入社三年目に留学試験に合格しまして、遊ばせてもらいました」

谷村も英語で答えた。

美也と会ったのは、最初が中沢とのインタビューの打ち合わせで、今日はインタビュー本番だったから二回目だった。最初に会ったときは、背の高い美人という程度の感想だったが、話しているうちに急速に引きつけられていった。英語が流暢なバイリンガルというのが魅力だし、会話はウイットに富み、女にしては人を飽きさせない知識に満ちていた。

えらい違いだな……。

谷村はこれまで関係を持ってきた何人かの女たちと、つい美也を比較してみた。美人という点では、離婚した香織《かおり》に美也は及ばない。香織は完璧に整っていた。深い色の大きな瞳と、締まった小さな唇は理知的だった。

一方の美也がなにより魅力的なのは、テレビの歌番組しか、話題にできなかった香織と違って、記者という職業柄もあってか、豊かな教養を身につけていることだった。そして頭の回転も速い。

それにしてもよくあんな、香織のような女と結婚したものだと、谷村は思った。

突然香織との結婚話が持ち上がったのは八年前のこと。文書課の女性職員に、「どうしても谷村さんと、おつきあいがしたいと言っている人がいる」からと、引き合わされたのだった。

「谷村さんはモテるから……」

女性職員は、なんとか香織とつきあってやってくれと言った。もちろん谷村はそのときまだ独身。

つきあっている女はほかにもいたが、香織の整った顔立ちに、谷村は一目惚れだった。

瓜実顔《うりざね》で切れ長な眸、鼻筋が通って、月並みな感想だったが、女性誌の表紙の写真の女のような美人。小柄だが胸と腰が豊かで、ウエストが強くくびれていた。

実家は大塚《おおつか》の老舗《しにせ》和菓子屋で、公社でエリートコースを歩もうとしている自分と、お似合いのカップルだと、谷村は自惚《うぬぼ》れた。

「部屋を取ってあるんだ……」

香織を初めて抱いたのは、知りあった二か月後のクリスマスイブの夜。場所は新宿のセンターというホテルでだった。新宿中央公園が見える、七階のレストランで食事を終えたあと、谷村は香織を不器用に誘った。聞こえたのか聞こえなかったのか、香織は窓際のテーブル席から、夜の公園に顔を向け、しばらく無言だった。

谷村には自信がなかった。あるいは断られるのかなと不安になったとき、香織は伏目で「きっと素敵なお室でしょうね」と、小さな声でうなずいた。

恋人や中年の不倫カップルが好むと、もっぱら評判のホテルだけあって、ツインの部屋は広くて趣味も良く、姿見というには大きな鏡が、壁を飾っていた。

部屋に入ってから香織は、呼吸を整えるように、窓から公園を眺めていた。横に並んだ谷村が、左手を香織の肩に回して抱き寄せ、軽く唇を合せた。谷村は香織の唇の甘さに陶酔した。

一応は女性経験があるとはいっても、当時谷村は、プレイボーイと言うには程遠かったから、抱きしめてベッドに倒れこむ動きも、或いは不自然だったかもしれない。

「シャワーを浴びたいわ」

顔を赤らめた香織が、小さな声で言って浴室へ消えた。

谷村は一人残されて落ち着きなく、窓から夜景を眺め、香織が出てくるのを待った。香織がホテルの浴衣姿で現れるまで、ずいぶん長い時間がかかったような気がしたが、谷村の気が急《せ》いているせいで、実際にはそれほどでもなかった。谷村は香織と交代で忙しくシャワーをすませ、バスタオルを腰に巻いただけで室に戻った。

室内の明かりはほどよく落とされていて、香織はベッドの毛布に顔を隠していた。

さすがに心臓が高鳴った。深呼吸をしてから谷村は香織の隣に滑り込んだ。抱き寄せて唇を吸い、浴衣の胸をはだけて、滑るような乳房に手のひらをかぶせる。柔らかくて弾力のある豊かなバストだった。

二八歳の谷村に、女が高まっていく表情を、冷静に観察して楽しむ余裕など、あるはずがなかった。乳房から柔らかい腹部へと唇を滑らせていき、ショーツを脱がせて黒い叢《くさむら》が眼に入った瞬間、頭がかっと熱くなった。

衝動的に鼻梁《びりょう》を叢に押しつけると、腿《もも》の付け根から女の匂いが沸き立ち、身悶えた低いあえぎで、香織は首筋をのけぞらせた。

香織の足許へ回りこみ、すこし早いかなと思ったが、湿りはじめている女の園に、自身をあてがい押し入れた。

「ム……」

潤い方が不足していたのか、最初は疼痛《とうつう》に上体をよじった香織は、だがすぐに呼吸を合わせてきた。一度はバギナから押し返され、二度目に強く進めると、どうやら熱い粘液に包み込まれた。

二二歳のOL……だったから、香織はもちろんバージンではなかったし、谷村もそこまでは期待していなかったが、多少の男性経験は感じられた。谷村の抽送行為で体がほぐれてきたのか、自分から脚を絡みつかせ、谷村にしっかり抱きつき、低く洩らすように声をあげた。しかし声といってもまだ「あ」とか「い」といった母音中心だった。

油断をしていたわけではなかったが、香織のバギナが微妙な蠕動《ぜんどう》をしはじめて、谷村のペニスに巻きつく感じになってきた。谷村ははっとして引き抜こうとした。だが香織が下から絡みつく。するとさらに締めつけられる感じがあって、俄《にわか》に緊縛感が増した。

とたんに快感が突き上げてきた。爆発寸前という感じで、谷村の部分が精一杯に怒張した。だめだと叫んで引き抜き、香織の色白な滑るような薄い腹部に押しつける。たちまち谷村の欲望の塊がふくらみ、突き抜けてしまいそうな香織の薄い腹の上に、白く濁った精液を放出した。

飛び出したスペルマが、香織の谷間を流れた。それでも体外への放出が、どうにか間に合った。避妊具をつけずに中でいっていたら、香織を妊娠させてしまうかもしれなかった。そのことを心配する冷静さが、谷村には残っていた。

相手が誰であるにせよ、谷村はまだ父親になりたくはなかった。

「終わっちゃったの」

香織が詰《なじ》るように言った。

「えっ？」

叱られた感じだったから、谷村は聞き返した。

「意地悪ネ」

「いや。しかし中へはできないよ。いきなり子持ちになってしまったら、新婚生活だってたっぷり愉しめないからね」

「新婚生活を愉しむって、わたし達のことなの」

念を押すわざとらしい聞き方である。香織の眸の奥に、妖しい光の渦があった。

「じゃ誰のこと？」

「本当にわたし達のことよね」

「お互いにまだ独身だろう」

「きまってるじゃないの。いますぐにだって結婚できる権利はあるわ」

言いながら香織が谷村に抱きついてきた。

知り合って半年後、谷村は二八歳で五歳年下の香織と結婚し、無理をして、千葉県の新松《しんまつ》戸《ど》にマンションを買った。そこが二人の愛の巣になるはずだったが、新婚旅行から帰って間もなく、谷村は臍《ほぞ》を噛んだ。

「歌番組にするわよ」

新聞はまったく読まないし、谷村がテレビでニュースを見ていると、つまらないからと、香織はチャンネルを勝手に変えてしまう。そして友達との電話で話題にするのは、どのタレントが結婚しただの別れただのと、無意味なゴシップばかり。谷村との生活観がまったく合わないのである。

それだけならまだしも、朝はなかなか起きないし、料理はほとんど下手。老舗和菓子屋のお嬢さんで甘やかされて育ち、典型的なお嬢さん学校の、白薔薇学園出身で、ちやほやされてきたせいもあって、明らかな主婦失格だった。

しかしそれを自覚して直そうという気があるなら、料理が下手でも朝寝坊も許せるのだが、まったく努力しようとしない。谷村は呆れてしまった。

「わたしがしてって言っているのに、どうして抱いてくれないの」

毎日のように帰宅が午前様になり、帰るとすぐ寝てしまう谷村に、香織が露骨に不満をぶつけてきた。

香織は性的な欲望が人並み以上に強く、好きなテレビの歌番組が終われば、次に毎日のように自分から求めてきた。結婚した当初はそれも楽しみの一つだったが、香織の頭の悪さやルーズさが鼻についてくると、男の感覚は女に欲望を感じなくなってくるのだった。さらにこんな女との間に、子供ができてしまったら、その子供は悲劇だろうなと思った。

そしてわずか新婚一か月で、谷村はセックスレスになってしまった。

「エッチしてよ。ネ、してっていうのに」

「疲れているんだ」

「ウソ。ウソだわ。ウソにきまっている」

香織が眼をつり上げて迫った。

連日の帰宅が遅いのは、仕事が忙しいこともあったが、早く終ったときでも、セックスにつきあってくれない夫への、憎しみをむき出しな香織と話をするのが嫌で、自宅に帰る気が起こらない。だから適当に時間をつぶして、一一時とか一二時の深夜帰宅になるのだった。

「もういい。わたしが嫌になったのね。わたし実家へ帰るわ」

結婚して半年で、香織はあっさり家を出ていき、二度と帰らなかった。

香織との結婚生活で、女は見てくれだけではわからないものだと、谷村は悟った。だからといって結婚はもう御免だというわけではなかったが、相手に恵まれないまま、いつの間にか三六歳になっていた。結婚してまで手に入れたいと思う相手が、現れなかったせいもあった。

だから女日照り……というわけではなかった。秘書課の山本恵子とは、もう一年以上の関係だったし、ほかにもつまみ食いする相手は何人かいた。

「ねえ、谷村さんとエッチしたいわ。たまにはつきあって慰めてよ」

電話事業は女性社員が多かった。そのせいで谷村に誘いをかけてくるほとんどが、離婚経験者だった。だから年齢層はすこし高かったが、セックスだけの割り切った付き合いなら、相手もそれを求めていたから、困ることはなかった。

バツ一の女性たちは、例外なしに胸に満たされない憤懣《ふんまん》を抱えているのだった。それだけに愛情に飢えていた。

愛されたいと、いつも思っていた。しかし職場には、〝愛されたい女……〟の競争相手が多過ぎた。するとどういうことが起きるかというと、男は職場の相手を避けたがるのだった。いつも扱いなれている女より、初めての異性の方に新鮮さを感じる。

かくして職場の愛されたい女達は、またまた取り残されてしまう。

そういう情況に、香織との挫折のようなことが重なると、結婚適齢の男たちの目は、職場で見なれた女から、さらに離れていくのだった。

周囲の情況は、谷村に美也との結婚をせかせている感じだった。一目惚れは、結婚した香織でいい加減懲りているはずだったが、美也にひかれてこの女だけは、なにがあっても自分一人のものにしたい。一日も早く、美也と結婚したいと、谷村は真剣だった。

「再補足説明ということで、今夜食事をしながら軽くいかがですか」

谷村がグラスをつまむ手つきで美也を誘った。

「残念ですが……」

固い表情の素っ気ない返答に、ここで引き下がっては、美也を手に入れるチャンスが、なくなりそうに思えたから、谷村は受け口の美也の顔を、正面から見つめてさらに口説いた。

「あなたのような魅力的な人を、もっと深く知りたいんです。今夜がだめならあすの夜はどうですか」

日本語だと気障っぽく聞こえるセリフも、英語だと滑らかに出てくる。

「今夜は駄目と、言うべきでしたわね。このインタビューを今夜中にまとめなければならないんです。あすでしたらわたし、喜んでおつきあいをしますわ」

美也の微笑に、谷村は年甲斐もなく胸をときめかせた。

それから美也とひんぱんに会うようになったのだが、これまでつきあってきた女たちとは、かなり勝手が違っていた。以前なら好意を感じた女とは、欲望にまかせてすぐにベッドへ誘った。それでいてベッドインを拒否された相手は、滅多にいなかった。

だが美也は、親しくつきあおうと思っても、どこか毅然《きぜん》としていて、男としてつけ入る隙がなかった。

体を求めて、もし不首尾に終わったらと思うと、恐ろしくて口に出せなかった。まるで、初恋の相手に、気持ちを打ち明けようかどうしようかと悩んでいる、高校生時代に逆戻りしたような、愛情を告白する前から、拒否されているような思いだった。

「美也さんとぼくとの間に子供ができたら、どんな子供が生まれるでしょうね」

谷村は回りくどい言い方で、小当たりの打診をつづけるしかなかった。

ストレートなプロポーズをして断られたら、立ち直れなくなってしまいそうな不安があったから、遠回しに美也の気持ちを探った。四十前のいい大人が、はっきり物が言えない不甲斐なさに、谷村は自分自身が情けなかった。裏返せば、それだけ美也に惚れている証拠だった。

「それって、求婚しているつもり?」

何度目かのとき、美也が足を止め谷村を見つめた。問い返されて谷村は、唾を飲んだ。高鳴った鼓動が、ドラムのように頭で響いた。

「そのつもりなんです」

答えた声がかすれていた。

「イエス。わたしついていきます。谷村さんに……」

美也が英語できっぱりと答えた。

喜びが体の奥底から噴き上げてきて、頭がしびれた。過去に何人かの女を口説いて、何度かうなずかせてきたが、これほどの歓喜を覚えたことはない。初めての感覚に全身が熱くなり、衝動的に美也の肩に手を置いた。

美也は自分から谷村の胸に入ってきた。

「そうか口説いたのか。あの女をモノにするのは苦労しただろう。似合いの夫婦だな。おれが仲人をやってやる」

どんなに無愛想な相手でも、つきあいが重なってくると、すこしずつ気心が知れるようになるものだった。中沢も例外ではなく、総裁に就任してから半年ほどすると、あるきっかけから、谷村に胸を開くようになった。

機嫌が悪いと中沢は、机の上の本とかスリッパを投げつけることもあり、お前は馬鹿だ低能だなどと、罵声《ばせい》を浴びせるのは、相変わらずだった。だがこのころになると谷村は、部下にたいする中沢の面罵が、悪気で言っているのではないことがわかってきた。

そういう眼で中沢を見るようになると、相手も理解されたとわかるのか、ぽつぽつとプライベートな話をするようになる。

だから美也と結婚するにあたり、中沢の耳にだけは、最初に入れておかなければならなかった。嬉しさで、打明けずにはいられなかったと、言い直すべきだった。ところが事情が逆になってしまった。

中沢に仲人をしてやると言われて、谷村は返事に困って口をつぐんだ。

中沢なら、仲人として肩書に文句はないが、披露宴での仲人の挨拶に、どんな品のない言葉が飛び出してくるかもしれず、それを思うと安易に頼むつもりにはなれなかった。美也も中沢に、記者として何度か会って、ガラの悪さはよく知っていたから、あえて二人で話し合わなくても、特に仲人をと頼む気がないことは、わかりきっていた。

「何組も仲人をやったが、わたしの仲人はみんな夫婦円満でうまくいっているんだ。おれにやらせるんだろうな」

谷村が黙っているのを、承知の返事と受け取ったのか、中沢は一人で勝手に押しつけてきた。

「ありがたいお言葉ですが、実はもう決まってしまいました」

「なんだと。仲人ドロボーはいったい誰なんだ」

ちょっと不機嫌そうに、中沢が厚い唇を突き出した。

「入社時の面接官だった、小塚次長にお願いしました」

まだ小塚にはなにも話していなかったが、了解してくれることは間違いなかった。

「小塚って職員局の次長か」

「いろいろと日常的なことに相談にのっていただいています」

「歯に衣着せぬやつだったな。ま、あいつなら仕方ないか」

ガラの悪ささえ直してもらえれば、三顧《さんこ》の礼で仲人を依頼するのにと、谷村は胸のなかで苦笑した。

広報部報道担当を命ず。

谷村に不本意……なそんな人事が発令されたのは、中沢の総裁専属秘書になって三年目、春川総裁時代の二年を加えると、秘書生活五年目の春だった。またしても報道担当などという実体のない、ビジネスマンとしての成績評価が、曖昧になる仕事に不満だったが、今度は谷村も人事部にクレームをつけなかった。

「君しか仕切れる人間がいないそうだよ。やってくれるな」

中沢総裁の直接の要請だと言われると、断れなかった。

中沢が公社の職員に、仕事を〝命令〟ではなく〝要請〟するなど、かつて一度も考えられないことだった。谷村に要請したのは、それだけ手腕を買っていたからだったが、人間としての信頼を深めていたからでもあった。

2

臨調は二年前の七月、第三次答申で郵信公社の民営化を、はっきりと打ち出した。

そして翌年の三月に、具体的な行政改革について、曾根崎首相に最終答申を提出した。そのなかに、郵信公社の民営化を早急に実施すべしという、改革案が入っていたから、民営化方針は政府内で、既定路線になっていた。

いずれ郵信公社法が改正されるのは、時間の問題だったのである。

となると民営化を前に、マスコミの取材攻勢が激化するだろうという見込みで、谷村に広報部報道担当の白羽の矢が立ったのだった。

こうなったら中沢総裁の公社改革の手法を、自分の眼で最後まで見届けようという気持ちに、谷村はなっていた。

「情報を集めてもらいたい」

中沢の狙いは、郵信公社の民営化について、まずマスコミの姿勢を、正確に把握することだった。さらに各社の記者に好意的な記事を書いてもらうだけではなく、公社の民営化を推進する正しい論調を、確立していくのが目的だった。

マスコミは諸刃の剣でもある。

一つ間違えば牙を剝いて襲ってきて、完膚《かんぷ》なきまで叩く。だが一転して味方になれば、これほど強い勢力はなかった。マスコミが敵になるか味方になるかで、事を成就するに当たっての影響は、天と地ほどの差があった。仮りに報道担当がミスを犯し、マスコミを敵に回すようなことになったら、公社は民営化に失敗するかもしれないのである。

さらに言えば腹に一物持った人間が、仮りに報道担当になって、意図的に民営化反対でマスコミをあおれば、行き着くところは見えていた。

となると、報道担当は誰でもいいというわけにはいかなかった。民営化を強力に推進しようとしている中沢の、腹心中の腹心でなければならないのである。そして谷村は、いまや中沢のまさしく腹心だった。

そのきっかけは、谷村の趣味。

谷村は日本刀の神秘的な美しさに引かれ、機会があれば鑑賞会に顔を出し、自分でも一振りの刀を持っていた。そして中沢が、先祖伝来の数振りの日本刀を保有していると聞いて、いずれもさぞかし名刀だろうと、鑑賞を懇願した。

「そんな方法で保管をしていますと、日本刀は停電になったら、一遍に錆びてしまいますよ」

中沢は大分県日田《ひた》市出身で、地元では姓から取った、中沢神社……が祭られているほどで、かつては大地主の名家だった。

だが中沢の父親は、教員という固い仕事についていたにもかかわらず、鉱山の開発だ金山探しだと山っ気を出して、土地だけではなく、先祖代々の財産をすべて、使い果してしまった。

中沢の機嫌のいいときの口癖は「おかげでさんざ苦学させられたよ」だったが、中沢神社ゆかりの何本かの日本刀だけは、売らずに残っていた。その刀を中沢は、後生大事に、銀行の地下金庫にしまっていたのである。

「錆びるって、どうしてだね」

刀剣鑑賞は仕事ではなく、趣味の世界だというので、谷村は中沢の自宅を、日曜日の午後に訪ねたおり、いつもは日本橋の銀行の地下金庫に預けてある三振りの日本刀を、中沢に自宅へ戻すよう頼んでおいた。

いつものことで、通されたのは十二畳のリビング兼ダイニングルームで、大企業の社長を務め、いままた公社総裁という、要職に就いている人物の家にしては、豪華とはとても言えない建物だった。

「地下室は湿気が高いので、停電になって空調が止まれば、あっという間に錆が出ます」

「そうか。じゃ、どうしたらいい」

工学博士の肩書を持ち、造船の世界では天才的な技術者と言われている中沢でも、造船以外のこととなると、知らないことがすくなくなかった。

「日本刀の保管は、桐《きり》の箱に納めて、酸化を防ぐパウダーを入れておきます」

「そうか。桐は湿気を取るとは言うな。そんなパウダーがあるのか」

「パウダーが酸素を吸着しますので、箱のなかが酸欠状態になって、錆が出ません」

「化学的ではあるな。個人的な事柄で悪いが、ついでだから桐の箱とパウダーも、揃えてくれんか」

わかりましたと答えたとき、小太りな智代夫人がお茶を運んできた。

「あら。カップのコーヒーが、まだ手つかずですね」

中沢は谷村と、日本刀の話に夢中で、智代がいれてくれたコーヒーに手をつけていなかった。智代に話しかけられても上の空だったのである。

「あなた！」

智代がたしなめるように、甲高い声を上げたと思ったら、つぎの瞬間体を翻した中沢が、冷めてしまったコーヒーのカップに飛びつき、一息で飲んでしまった。

「あっ！」

谷村はびっくりして飛び上がった。なにごとが突発したのか、咄嗟に見当がつかなかった。だが原因は手をつけなかったコーヒーにあるらしかった。せっかくいれたのに、なぜ飲まないのかと、智代夫人の怒りを買いかけていたのである。

「ちょっと冷めちゃったけどいいや」

中沢がいたずらを見つけられた子供のように、首をすくめて言った。

一方の智代夫人は何事もなかったかのように、中沢が飲み干したコーヒーカップを片付けて、リビングから出ていった。

「驚くことはない。突っ立っていないで座りなさい」

中沢が谷村に苦笑で言った。

「どうなることかと思いました」

谷村は膝の力が抜ける感じだった。

「女は怖い。逆らわないようにするに限るよ」

「はあ……」

答えようがなくて、谷村は生返事をした。

それにしても驚きを通り越し、いま目の前でなにが起きたのか、谷村は正確に理解できなかった。公社内での中沢は、相手が誰だろうと、気に食わないことがあると怒鳴りつける。怒鳴られた方は肝が縮み上がり、卒倒しそうになる。それほど中沢は恐ろしい存在だった。だから自宅でも中沢は、亭主関白だと、誰もが思っていた。

それなのに智代夫人は、恐ろしげもなく中沢に、声を上げていた。にもかかわらず中沢は怒るどころか、首をすくめて嵐の過ぎ去るのを、待っているではないか。カカア天下というより、中沢は極度の恐妻家に違いなかった。

「おれは家ではなにもできんから、カミサンに頭が上がらないんだよ」

「頭が上がらなくなったのは、いつからですか総裁」

「いつからかって、いつからだったかな。いつの間にかこういうことになっていたんだ」

中沢は首をひねりながら､真顔で谷村に言った。しかし中沢が言った「こういうこと……」というのは、家庭の延長なのかどうか、いつの間にか総裁室にまで、おかしな気質が侵入してしまっていたということだった。

刀剣鑑賞とコーヒーの一件があってから、中沢が谷村に向ける目つきが違ってきたように思えた。親しみどころか、逆に谷村を鋭い視線で、観察するようになったのである。

智代夫人の女の威力にびくつく、家庭での不甲斐なさを、谷村が公社内に吹聴していると、疑っているのではないかと思うと、居心地が悪かったが、そうではなかった。谷村の知識や判断力、公社への忠誠心を、眼鏡の奥の小さな丸い眼で、中沢はうかがっていたのである。

そして谷村は中沢のお眼鏡にかない、報道担当という重責を課せられたという経緯に、違いなかった。

総裁にぴったり密着して、離れてはならない専属秘書に較べれば、報道担当は時間の自由が利く分だけ、気分的に楽だった。中沢の行動とは関係なく、社外へも出られるし、マスコミ各社の記者と会ったりするのも自由だったから、自分の頭で考えて、行動を決めることができた。

谷村は水を得た魚……になった気分だった。

人と会うのは嫌いではなかったから、有力な全国紙や、週刊の専門誌の記者とも、頻繁に会食した。情報蒐集《しゅうしゅう》のため記者連中を接待する予算は、あってないようなもので、谷村が要求すれば無制限と言っていいくらいに出た。それだけマスコミ対策を重視していたのである。

「おい。ひどい目にあったぞ。総裁が酒をほとんど飲まないのを、君は知っていたんだろう。教えてくれないから、おかげでお目玉を食らってしまったじゃないか」

前年の六月に五三歳という若さで、同期のトップを切って理事、民間でいうと役員に選任された大屋が、一杯やろうと電話をしてきた。ところが銀座の寿司屋〈沢の坊〉のカウンターに、腰をくっつけて座ったとたんに、大屋は谷村に愚痴をこぼした。

「自宅ではあまり飲みませんが、外でならすこしぐらいは飲みますよ」

それがどうかしたのかという思いで、谷村はカウンターに並んだ大屋の、おっとりした顔に視線を注いだ。

「理事になってから、何度か出張にお供しているんだ。それでこの間静岡へ行ったとき、ドジを踏んでしまったんだよ」

大屋が顔をしかめて言った。

「いったいなにをしたんですか」

「星を間違えた」

「星?……」

谷村にはなんのことやらわからず、大屋に問い返した。

「総裁に、星の多いやつを買ってきてくれって、ホテルで頼まれてな」

大屋が人差し指と中指を唇に持っていった。全郵信労組の幹部連中が、酒を飲もうと誘う合図の仕種だった。

「それでブランデーを買って届けたんだよ。そうしたら、いきなり馬鹿者って怒鳴られちゃった」

大屋が情けなさそうに首をすくめた。

「違ったんですか」

「タバコだったんだ。セブンスター。総裁がはっきり言わないから、てっきりブランデーの、星の多いヘネシーと思ってしまったのさ」

「酒かタバコか、確かめれば良かったじゃないですか」

「先入観があったんだなァ」

大屋が苦笑して、自分のグラスに手酌で注いだ。

「総裁が酒嫌いだという先入観ですか」

「そうじゃないんだ。大江戸証券の社長だった、栗栖辰雄《くりすたつお》さんを、おれが尊敬しているってこと、前に話したかな」

「最高の経営者だと、おっしゃっていましたね」

栗栖は証券界最大手の大江戸証券で、社長、会長を務め、相談役になってからも、代表権を手放さない実力者だった。だがそれが、星の多いこととどう関係するのかと、谷村は大屋に眼で尋ねた。

「栗栖社長の後継者は、和田敬吾《わだけいご》さんだったが、和田さんが社長になれたのは、五つ星のついたブランデーのおかげだったという説があるんだ」

「盆暮にでも贈ったんですか」

「いいや。中沢総裁と逆なんだよ」

「というと？」

「出張先のホテルでの話なんだが、当時は専務だった和田さんが栗栖社長に、星の多いやつを買ってこいと言われて、咄嗟に意味がわからず、タバコのセブンスターを買ってきたというんだ」

「大江戸証券の栗栖社長は、タバコを吸われなかったんじゃないですか」

「そのとおりだ。馬鹿野郎と怒鳴られて、和田専務はあわててブランデーを買いに飛び出したんだ。それでやっと街で見つけて栗栖社長に届けると、まあ一緒に飲んでいけとなったわけさ。それが念頭にあったもんだから、ついブランデーを買ってきてしまったんだよ」

　大屋がやれやれというように首を振った。

「それで総裁が、ああいうことを言っていたんですか」

　谷村は吹き出しそうになるのをかろうじて抑えた。

「総裁がなにか言っていたのか？」

「大屋君はおっちょこちょいだって。でも見どころのある人物だから、すこし教育しなければならないって、笑っていましたよ」

「怒っていなかったんだな。本当だな」

大屋が首をねじって谷村の顔を覗きこんだ。

「でも秘書ならともかく、役員がタバコまでお使いをさせられるなんて、なかなか厳しいものですね」

大屋が中沢にゴマをすろうと、懸命に動き回っている様子が眼に見えるようで、谷村は失笑した。

「笑うなよ。だけどな、所詮役員は、社長の使い走りだよ。テイセンという繊維会社を知っているよな」

「社長が国会議員になりましたよね」

「テイセンの桑原《くわばら》社長は、参議院議員に当選して、社長業から一度は身を引いたんだ。ところがその後テイセンの業績が悪化して、八年後に社長に復帰したんだが、彼いわく、社長の眼から見たら、副社長も守衛も同じ……なんだそうだ」

「守衛と副社長じゃ、雲泥《うんでい》の差でしょう」

「社長にとっては、副社長も守衛も、一使用人にすぎないと言うんだな」

「すごい言い方ですね」

大屋は変なことを知っていると、谷村は驚いた。

「いまと違ってすこし前までの社長は、それくらい偉かったということだろうね。雲の上も上、社員にとっては神様みたいなものだったんだ」

社長がそんなに偉かったのなら、昼間から社長室で酒を飲もうと、内緒で設置してある風呂に入ろうと、地面を這いずり回っている社員からは、文句の言いようがなかったに違いない。だが谷村は、総裁室にある浴室のスペースを指して、もうそういう時代ではないと言った中沢の言葉を思い出した。

それなら中沢は、雲の上の存在だったのかどうかと問われたら、谷村には返事のしようがなかったはずである。

「中沢総裁はどうなんでしょうね」

大屋の考えを聞きたくなって、谷村が水を向けた。

「どうって、偉いかってことか」

「雲の上から降りたのか、それともずっと地上にいたのかってことです」

「地上から雲の上に向かって、なお上昇している最中じゃないかな」

大屋が含むように笑って天井を指差した。

「でも大江戸証券で栗栖、テイセンで桑原という二人の大社長が、我が物顔に振る舞っていた時代といまとでは、状況が明らかに違いますから」

「社長の権威が地に落ちたのは確かだが、なお中沢総裁は、カリスマになる素質があるって言いたいんだ」

「でもガラが悪いですよ」

あれさえ直れば、中沢は名総裁になれるのにと、谷村は残念でならなかった。

「だからなんだよ。あの迫力で職員を怒鳴りつけ、次々と改革路線を打ち出し、実績を上げている。民営化推進の海援隊なんて、有頂天になっているじゃないか」

「大屋理事も海援隊の会合に、よく顔を出されているそうですね。ずいぶん総裁を持ち上げた話をしていると聞きました」

「耳が早いな。そりゃいまは中沢さまさまだからな。朝は起きたら中沢総裁万歳、昼はもちろん中沢総裁万歳で、夜寝るときも中沢総裁万々歳だよ」

大屋の口調に酔いが回っていた。もっとも大屋は、格別酔っていなくても、平気でおべんちゃらを並べ立てるから、ゴマすりがやがて中沢の耳に届くことを計算して、大声で話しているのかもしれなかった。

ただこうまであからさまに、総裁にお追従《ついしょう》を並べ立てる理事も、珍しかった。

「民営化が正式に決まったら、組合がどう出るか、総裁が心配されていました」

「そりゃ組合としては、表面上は反対だろうけど、政府の方針には逆らえないからなァ、どこかで矛《ほこ》を収めるわけさ」

「組合に信頼されている大屋理事の手腕に、中沢総裁はずいぶん期待されているようですよ」

今度は谷村がお追従を言った。

「なに、本当か。組合対策なら、まかせていただきますって、大屋が言っていたと総裁にお伝えしてくれよ」

大屋は相変わらずだなと、谷村は思った。

中沢と接触する機会の多い谷村に、総裁への忠誠心を強調して、吹きこんでおけば、いつか本人の耳に入る。上昇志向の強い大屋ならではの、新手のゴマすり手法だった。

「大屋理事がスト権騒動を収拾されたのは、有名ですからね。わたしはまだ公社に入っていませんでしたが、いまでも語り継がれているくらいです」

当時の全郵信労組が、スト権の獲得を目指して、全国で一大訴訟戦を引き起こし、一六万人もの組合員が参加した大争議になった。なかでも九州、福岡支社の組合は過激で、交渉の度に小突き回された支社長はノイローゼになって、とうとう出社しなくなってしまった。

「あの頃は毎日のように、組合と団交をしたものだよ」

大屋がふっと遠い眼になり、ゆっくりと話しはじめた。伝説的な大労働争議がなかったら、同期より出世が遅れていた大屋が、理事になることはなかったに違いなかった。

当時の大屋は三五歳、福岡支社の職員課長で、組合との折衝窓口だった。

「さあ始めましょうか」

福岡支社二階の会議室。そう気合を掛けて大屋は、窓のカーテンを締め切り、組合側の代表と向かい合った。

窓から陽が射すと、光に濃淡が出て、相手の表情がよくわからなくなるが、暗くして電気をつければ、わずかな表情の変化も読み取れるようになる。組合との交渉は、一言の発言と感情の行き違いで、深刻な事態になりかねなかったから、顔色を正確に観察するのは、絶対に必要なことだった。

「先日提出した組合の要求事項に、まず公社側から回答をいただきましょうか」

全郵信労組福岡支部の染谷《そめや》誠《まこと》委員長が、大屋を正面から凝視した。公社側出席者は、大屋と課長補佐の二人。だが課長補佐は、書記係で、実際の交渉役は大屋一人だった。

一方の組合側は、染谷支部委員長を筆頭に、副委員長や書記長など執行部一〇人。数からいえば一対一〇の大衆団交で、これを何度も繰り返されれば、支社長のようにノイローゼになるのが、普通に違いなかった。

組合側の要求は、スト権の付与を正面に押し立て、時間外手当ての割増支給、福利厚生施設の充実などだった。

「スト権と時間外手当ての問題は、郵政省が決定権を持っていますので、公社はもちろん支社にも、なにかを独自に決定する当事者能力はありません。ですが福利厚生の問題については、支社として可能なかぎりのことを実施します」

ゼロ回答では、組合が引き下がるわけがなく、小さなことでも要求を認め、実現することが、交渉を穏便に進める秘訣だと、大屋は思っていた。

だから大屋の権限でできることは、なんでもやった。

たとえば本当に小さなことだったが、女性用トイレの、ペーパーが不足していると指摘されれば、大屋みずから、すぐに立って補充の手配をした。

組合との意思疎通を滑らかにしようと、組合幹部と居酒屋のカウンターで、何度も焼酎を酌み交わした。そんなことの積み重ねで、全国で最も過激だと言われていた福岡支社の労働争議が、次第に収まっていったのである。

組合の要求を頭から拒否すれば、全面対決するしかなくなる。だがわずかなことでも眼の前で素早く実行してみせれば、努力が評価されるのだった。人との交渉とはそういうものだった。

最も激しかった福岡支社の争議が沈静化すると、組合活動全般への影響は大きかった。十六万人にも及んだ訴訟は順次取り下げられ、さしもの大争議が収まったのだった。

そして大屋は、組合対策の手腕を認められて、いきなり本社の文書課長に引き上げられたのだった。文書課は国会や政治家、郵政省を担当する重要ポストで、出世コースだった。同期から二歩ばかり昇進が遅れていた大屋は、これで一線級に躍り出たのだった。

「いま組合本部にいる組織部長は、福岡支社時代からの付き合いだそうですね」

急に物思いに耽ける大屋に、谷村が聞いた。

「うん。支部の委員長だった染谷だよ。あいつはいずれ、本部の委員長に引き立てられるんじゃないかな」

「気心の知れた組合幹部がいると、いざというとき役に立ちますね」

「あいつとはつるんでよく飲んだから、ツーカーだよ。ところで、コウヘイさんの動きを聞いているか」

「南原副総裁がなにかやっているんですか」

谷村はさり気なく大屋の横顔を見た。公社の技術系幹部は、民営化に抵抗する姿勢を変えておらず、最近では結束力を一段と強めていた。南原副総裁を総帥に、国民テレビ会長の弟の室谷《むろや》孝《たかし》専務理事、公社では土木屋さん……こと村井隆一理事などが、技術系の職員をがっちり固めていたのである。

「やっているなんてものじゃないよ。与党の金田《かねだ》良介《りようすけ》に、日参しているっていう話だぜ」

「金田って民自党の副総裁の金田ですよね。本当ですか？」

「おれは文書課長をやったから、郵政族議員にはそれなりの顔がある。コウヘイさんは金良にずいぶん貢いでいるそうだ。調べて総裁に報告した方がいいぞ」

「さっそく当たってみますが、理事も耳を澄ましていてください」

「もちろんだが、技術系幹部はいよいよとなったら中沢総裁と、全面戦争をするつもりかもしれないからなア」

大屋の言うそんな雰囲気は濃厚だった。民営化後の体制を巡って、技術系と事務系による内部抗争が、激しくなるのは確実だと、谷村は予測していた。

「どっちが勝ちますかね」

「おいおい。中沢総裁のフトコロ刀が、そんな悠長なことを言っていていいのか。南原副総裁が民営化後に、もし社長になってしまったら、おれも君も無事ではいられないよ」

「わたしなんかものの数じゃないでしょう」

「そうはいかんさ。大屋理事は総裁の腰巾着、谷村課長はお小姓筆頭と言われているのは、君も耳にしているんだろ。南原の天下になったら、二人とも真先に粛清されるんだ。そういう運命にある」

大屋が不気味なことを言った。

3

「永田町《ながたちょう》に用事ができたから、夕方、片手くらい用意しておいてくれ」

副総裁の南原が、ソファで畏《かしこ》まっている理事の村井に、五本の指を広げて見せた。

「これですか」

村井がマージャンのパイをつもる真似をして、確かめた。

「急にさ。民自党の金田先生から、一人足りないからって電話で誘われたんだ。いつものことで金田先生のお誘いとなったら、お土産が必要なんだよ」

「六時までに赤坂の方へ届けておけばいいでしょうか」

「そうしてくれるか。これからは、相当な運動資金が必要になるが、そのあたりは抜かりないだろうね」

「戦争になったら、軍資金はまかせておいてください」

面長な村井が、自信たっぷりにうなずき、大柄な南原も、頰を崩して立ち上がった。

これからの裏工作用資金は、幾らあっても足りないはずだった。村井は施設局長についたことがあったから、まかせておけば確実に資金を集めるに違いない。

「いざとなったら奉賀帳を回しますから、ご心配には及びません」

村井も立ち上がって軽く頭を下げ、副総裁室から出ていった。

南原はその後ろ姿を見送り、これからが勝負だなとつぶやいた。もう公社の民営化は避けられないが、下品な造船屋上がりの中沢の、思うようにはさせない。これからは剛腕政治家を味方につけて、公社民営化後の支配体制を確立する。そのためには、資金が必要だった。

南原を総帥とする公社の技術系には、金の成る木……があった。

その中心にあるのが、納入業者の窓口になる施設局長というポスト。公社には全国に六千局の電話局があり、設備投資額は毎年一兆円に上っていた。だから納入業者から、仮りに設備投資額の、〇・五パーセントをキックバックさせたとしても、五〇億円が裏金として、テーブルの下へもぐりこむ計算だった。

それでもなお不足するようだったら、村井が言っていたように、一社一〇万円の奉賀帳を回せばよかった。公社に出入りしている納入業者は、電話器や電話交換機、電線、通信工事などを合わせれば、何万社もあった。寄付の要請に応じる企業が、最低の一万社だったとしても、それであっさり一〇億円にはなるのだった。急場の必要資金には十分な額である。

政治家は金の力に弱い。

いまのうちに民自党大ボス金田良介と、献金を通じて太いパイプを構築しておけば、いざというときは民自党最大派閥の郵政族ごと、思うように動かすことができる。備えあれば憂いなし……になるはずだった。

南原が公社を出て、金田良介が居宅にしている、赤坂のロイヤル・マンションに着いたのは、午後六時だった。金田の部屋は四階の五ＬＤＫ。広いリビングで金田本人と陣笠の藤原《ふじわら》代議士、金田の地元長野県で建設会社を経営している鈴木《すずき》社長が、パイを揃えて面子《メンツ》の到着を待っていた。

「ウン。きたか小次郎。ではさっそくまいろう」

不器用な、三角お握りのような顔をほころばせて、金田が立ち上がり、すぐに隣の和室に設《しつら》えられたマージャン卓を囲んだ。

「郵信公社の民営化は決まりだな。曾根崎首相と水上臨調委員長が、がっちり腕を組んでしまっているから、これぱっかりはもう止めようがないよ」

すこしアルコールが入っている、金田の口調が軽かった。

「時期はいつごろになる見通しでしょうか」

南原がパイを洗いながら聞いた。重要な話なのだから、マージャンなどというせわしない遊びをしないで、落ち着いて向かい合い、じっくり話をすればいいものをと思ったが、このせわしなさが政治家流でもあった。

「秋の国会で郵信公社法を改正して、来年四月に民営化というところだろうな」

「あと一年ですか。民営化はもう覆らないと、理解してよろしいでしょうね」

「臨調の答申に入っているからな、金をばらまいても無理だよ。民営化の後を考えた方がいい。おっと、それはロンだ」

南原が捨てた七満で金田が上がった。タンヤオ、ピンフの安手である。金田お得意のダマテンだった。

「副総裁にはかないませんよ」

金田はうまくはないが、政治家に共通した強いマージャンだった。カンがいいというのか、ツキがあるのか、負けないのである。負けていると、おれが勝つか夜が明けるまで、徹底的にやるぞと突っ張る。

「中沢は総裁になって何年になる?」

パイを積みながら金田が聞いた。

「五六年に就任しましたから、今年で三年です。年齢も七四歳と高齢ですが」

「すると民営化が見込まれる来年四月には四年、七五歳ということだな」

「中沢総裁が民営化後の、初代社長……ということに、なるのでしょうか」

南原は金田の意向を探ろうと、上眼で表情をうかがった。口を歪めた金田は、小さな眼で並べたパイを熱心に見ていた。

「どうだろう。公社の綱紀を粛正し、民営化を実現したとなると、中沢総裁のお役目は終わりだろうな。これで用済みになるんじゃないのかな」

「ということは、新しい社長が誕生するということですね」

それが中沢の、決定的な対抗馬と言われている南原の、いま一番聞きたいことだった。

「そう。誰を中沢の後継にするかが、問題だな」

思わせぶりな金田の言い方だった。

「副総裁には腹案がおありですか」

「別にないが……。公社時代は技術系と事務系が、タスキ掛けで仲良く総裁を務めていたんだったな。中沢総裁は外部から入ってきたが、春川総裁の後だったから、技術系ということだよ。となると次は事務系か」

金田がずり落ちた眼鏡の奥から、白眼がちな上眼で、呼吸を止めるようにして、南原をうかがった。

金田が次は事務系からと、本気で言っているのかどうかはわからなかった。事務系という言葉を意図的に口にすることで、技術系の南原を挑発し、どう反応するか、うかがっているのかもしれなかった。

それにうかうかと乗ってしまうと、金田の思いどおりで、ますます献金の必要が出てくるが、それはそれでいいと南原は思った。

「わたしどもは中沢総裁を、技術系の出身とは考えておりません」

南原が言った。

「だが新栄重工での功績もあるし、入った時は技術者だったんだろ」

「春川前総裁は、不正経理事件の責任を取って、任期半ばで退任されました。そのあとを引き継いだのですから、現総裁は事務系ということになります」

基本的に中沢は、春川前総裁の残り任期を受け継いだのだから事務系だと、南原たち技術系幹部達は判断していた。百歩譲って中沢を技術者と認めても、政財界の意向を受けて、無理をして押し込んできた外人部隊。落下傘降下をした剛腕経営者なのだから、公社本来の人事ルールとは、無関係であるべきだった。つまり中沢は、技術系でも事務系でもない、イレギュラーな総裁ではないのか。

だが中沢を、技術系だと政府が認定したら、次のトップは事務系からとなり、総裁、いや民営化された後の社長の椅子は、紛れもない技術系後継候補、南原の頭を飛び越えて、次の候補者にいってしまうはずだった。

そんなことは許せなかった。

不正経理事件が発覚しなかったら、春川は引責辞任することもなく、総裁の座に君臨し続けたはずである。そして任期をまっとうした後は、順番として南原が、次の総裁、多分社長になるはずだった。それが公社本来のタスキがけ人事なのである。

「そういう考え方もできるが、世間がどう受け取るか、微妙なところだな」

言いながら金田が三ピンを捨てた。南原の当たりパイだったが、タンヤオ、ピンフ、ドラ三枚のゴミ手満貫だからといって、金田から上がるわけにはいかない。南原はさりげなく見逃した。

「中沢総裁は、技術系とか事務系と言うのではなく、外部からこられた方ですから、基本は中立と考えるのが妥当ではないかと思うのですが」

「わしはそう受け取っているが、政界にはいろいろな考え方の持ち主がいるからな。そう単純じゃないよ」

「副総裁のお力添えを、ぜひともお願い申し上げます」

南原は頭を下げた。マージャン卓を囲みながらの陳情は、いつものことだが、神経が疲れ、集中力に欠けてくる。

「わかっているだろうが、郵政族を手なずけるとなると、いろいろと物入りになる。それでもいいんだね」

「いつもお持ちしているお土産とは別に、十分なものを用意させていただきます」

南原がご機嫌うかがいに、金田のマンションを訪ねるのは月に一度、その都度金を包んでくる。もちろん領収書の要らない金で、年間数千万円にも上っていた。これに加えて盆暮の挨拶があり、選挙だ祝儀だと郵政族にばらまくとなったら、その倍は必要になるだろうが、新会社社長の椅子を射止めるためには、自分の腹が痛むわけではなかったから、惜しい金ではなかった。

「郵政族のボスは民自党の坂本《さかもと》龍一郎《りゅういちろう》だが、あの男はうるさいぞ」

「副総裁の派閥に入っておられましたね」

「話をつなぐのに、一つは必要だな」

坂本クラスなら、一つというのは一千万円の単位ではなかった。といってまさかいきなり一億円ということは、考えられないはずだった。でその中間――

「ご指示をいただければ、いつでも坂本先生にお届けいたします」

「必要になったら、いずれ連絡する。そのときはここへ届けてもらいたい」

「わかりました。坂本先生以外の郵信関連議員の先生方にも、よろしくお願い申し上げます」

「慌てずじっくり根回しをしよう。まだ一年あるから時間はたっぷりだ。勝負は郵政公社法が改正されてからだな」

社長人事を決定するまでの時間が、長ければ長いほど、運動資金は余計に必要になる。この調子では、たっぷり搾り取られるのだろうなと、南原は覚悟した。

「必要なものがおありでしたら、いつでも、ご連絡いただければお届けいたします」

「足元はしっかり固めておけよ。おっと、それはロンだ」

南原が捨てた四ソウを指さし、金田がにやりと笑ってパイを倒した。ソウズのメンゼンチンイツでハネ満だった。

マージャンの賭金も、政治献金も、金田に容赦なくむしり取られそうだった。


「その話、本当なんだろうな」

中沢の眼が妖しく光った。

総裁室の応接ソファで、聞いてきた南原たち技術系役員の動きを、谷村が報告したときだった。

「大屋理事の情報をもとに、わたしの情報網で確かめました。南原さんが民自党の金田副総裁のところへ日参しているのは、間違いありません」

「それが事実なら、馬鹿なことをする連中だなァ。そもそも大屋君は、その動きを誰から聞いたのかね」

「土木屋さんの村井理事でしょう」

電気通信関係の技術者ではなく、設備工事関係の技術屋だったから、公社では土木屋さんだった。

「しかし彼も所属は技術系じゃないか。どうして大屋君になんか話したんだろうな。なにか裏があるんじゃないのか」

中沢が首をかしげた。

谷村もはじめに聞いたときはそう思った。だから大屋に同じ質問をぶつけたのだったが、どうして村井が技術系の機密を漏らしたのか、彼も首をひねっていた。だから村井が大屋に本当に話したのだろうかと、疑問に思ったくらいだった。それとも大屋が、中沢の気を引くために、話をでっち上げたのではないか。

だが後で谷村が調べてみると、機密漏洩《ろうえい》の理由は、どうやら村井の性格にあるとわかってきた。

小心者。優柔不断。どっちつかず……と、村井の評判は芳《かんば》しいものではなかった。公社内で村井は、コウモリというあだ名でも呼ばれていた。コウモリは見ただけでは鳥か獣かわからなかったから、味方なのか敵か、容易に判別ができないという意味だった。さらには時の総理にちなんで、強い方につこうと眼を光らせている風見鶏II。

このあだ名など、一番まともな方だった。

技術系幹部のなかでも村井は、その性格からか、あるいは土木が本来の仕事だったためか、社内では軽く見られていた。

村井をうまく取り込めば、技術系の動きが見通せる——

だが村井と接触するのは危険でもあった。コウモリとか風見鶏と呼ばれているほどだったから、南原派が強そうだとなったら、すぐ優勢な方へ、擦り寄っていくに決まっていた。そうなったら一転して事務系の情報が相手に筒抜けになる。まさしく諸刃の剣、二重スパイの罠にはまりかねなかった。

「村井理事は風見鶏と言われているほどですから、保険をかけているんだと思います」

「等距離外交ということかね」

「大屋理事に技術系の動きを教えはしましたが、だからと言って民営化後の社長に、そのまま中沢総裁の横滑りとは言っていません。表面上は南原副総裁の意を受けて、技術系の結束を図っています」

「ややこしい男だな。要するにどっちが強いか、じっくり見定めようとしているわけか。考えようによってはそういうのって、扱いやすい人間でもあるんだ」

中沢は村井を、すでに自分の陣営に取り込んだような口ぶりだった。

「それじゃ南原副総裁の動きを、黙って見ておられるのですか」

「おれはマナイタの鯉なんだよ。この間も水上のじいさんに叱られたが、今は民営化後の人事も含めて、わたしにはなんの権限もない。政府の決定に従うしかないんだ」

「臨調の水上委員長は、民営化後の体制について、どう考えておられるのでしょうか」

「じいさんに聞いてみるか」

中沢は気軽に立って執務机に戻り、受話器を握った。

「スピーカーを入れるから、君も水上さんの意向を聞いておいてくれ」

坊主頭の中沢がスイッチを入れ、プーという音が受話器から聞こえてきた。

本来なら内密の相談ごとである。それを平然と第三者に聞かせようとする中沢の、肝の太さと、周囲の者に絶対的に信頼されているという自信に、谷村はちょっと感激した。

「民営化後の社長人事の件ですが、技術系が民自党に働きかけて、南原社長の誕生を画策しているようですが、委員長はどういう人事構想をお持ちでしょうか」

中沢はまるで直立不動のように、ソファで背筋を伸ばし、水上と話しはじめた。中沢は水上について、谷村と二人きりのときは、〝じいさん……〟などと気安く呼んでいたが、直接相手に対面すると、たちまち緊張を余儀なくされる。

「なんのための民営化か、わかっているんだろう。民営の新会社は君がやるに決まっているじゃないか」

水上があっさり言った。

「しかしこのままですと郵政族の間から、南原を社長にという声が、高まってきかねません」

「民自党のことはわたしにまかせなさい。それより君は、公社内をしっかりとまとめるんだ。足元で反乱が起きるようでは、社長としての資質を問われるぞ」

水上が目の前にいるように、中沢が受話器に最敬礼した。

「聞いたとおりだ。技術系が反旗を翻《ひるがえ》そうとしているとなると、対抗上まず事務系をまとめなければならない。誰か中心になって動く人間が、どうしても必要になるが、心当たりはあるのか」

「大屋理事が最適でしょう。労働組合の信頼が厚いですし、南原副総裁の動きを聞き込んできたのも大屋理事です。大屋さんなら村井理事を取り込めるはずです」

「わかった。大屋君を呼んでくれ」

内線電話で総裁がお呼びですと伝えると、大屋は五分としないうちに、内幸町の総裁室へ駆け込んできた。

「いま公社内の勢力図は、どうなっているのかね」

三人掛けのソファに腰を下ろした大屋に、いきなり中沢が聞いた。

勢力図というのは、理事や管理職の、中沢派と南原派の色分け。それはすなわち民営化後の新会社の社長に、中沢か南原のどちらが望ましいと、彼らが考えているかということでもあった。

「事務系と技術系が拮抗《きっこう》しています。ただ海援隊が、いまだに民営化反対の姿勢を崩さない南原副総裁を、社長にするわけにはいかないと、息巻いています」

「世界を相手に競争するには、民営化しなければならないということを、あっちはわかっていないんだよな」

中沢が副総裁室を顎で指した。

「通信技術では、自分の右に出る人間はいないと、副総裁は考えておられます。世界でも通用する技術だと、自信をお持ちなのではないでしょうか」

大屋が相槌を打った。

「技術がいくらよくても、会社に体力がなくては競争に勝てない。公社のように無駄ばかり多くては、通信自由化で海外勢に乗り込まれたら、太刀打ちできないんだ」

「それにしてもこの三年間で、ずいぶん贅肉が削げてきました」

「まだ足りないなァ。ところで臨調の水上さんから、足元を固めろと厳命されたよ。もちろん民営化企業の初代社長は、わたしだという前提だ。社内の勢力固めをやってもらいたい」

「全力投球させていただきます」

大屋がここぞとばかり、背筋を伸ばして答えた。長身な大屋と、小柄な中沢を横から比較すると、まるで大人と子供だったが、体から伝わってくる精気や迫力は、中沢の方がはるかに強かった。

　こんな小柄な体のどこから、大男……と言っていい大屋を上回る気迫が出てくるのか、谷村には不思議だった。何十万トンという、巨大船を扱ってきた底力かも知れなかった。

　谷村は中沢と副総裁の南原を、常に頭のなかで比較していた。どちらが新会社の社長にふさわしいかと問われれば、もちろん中沢としか答えようがなかった。

　人間のスケールの違いだった。

4

「君のマスコミ操縦の腕前は、あれは尋常じゃないな」

　大屋が谷村に上機嫌で言って、乾杯したビールを飲み干した。

　中沢と大屋、それに谷村の三人が、総裁室で密議をこらしてから、あっという間に半年がたっていた。夜は風が幾分か涼しくなり、秋を思わせるようになったが、昼間はなお真夏の日差しが照りつけてきて、連日の厳しい残暑に、谷村はうんざりしていた。

　だが向島《むこうじま》の料亭〈出島〉の、二〇畳の大広間は、冷房が利き過ぎていて寒いくらいで、谷村は背広を着たままだった。

「操縦だなんて、人聞きの悪いことを言わないでくださいよ。わたしは記者さんたちに、公社内部の正確な状況を、説明しただけなんですから」

座卓を挟んで、大屋の前に文書課長の宮崎が、その隣に谷村が座っていた。仕事の話が終わったら、妓を入れるようにと、女将には伝えてあった。

「だけどさ、南原副総裁の反乱だなんてあんな記事、どうやって書かせたんだ」

眼だけ鋭いおっとり顔の大屋が、首をかしげて谷村を見つめた。

南原批判の記事が出て、首尾には満足している顔つきだったが、それを仕掛けさせた谷村を、不気味な男と、大屋は受け取っている様子だった。それもそのはず、九月に入ってから、さまざまなマスコミ媒体が、民営化を直前にした郵信公社の内紛を、取り上げはじめた。

〈民営化会社の社長を巡り、内紛激化〉

〈民営化反対の旗頭、南原副総裁が反旗〉

こんな記事が、一般紙をはじめ専門の経済誌などに、派手に載るようになっていた。なかには公社の理事や管理職を、中沢派と南原派に色分けして、おもしろおかしく解説する週刊誌も現れた。

「わたしが書かせただなんて、マスコミはそんなに甘くありません。記者さんと一杯やっていれば、話題は民営化と会社の新社長人事に集中するのは、避けられませんからね。それでどうなるかと聞かれても、わたしの立場で後任は誰それだろうなどと、具体的に答えるわけにはいきませんから、求められるまま、広報担当者として当たり障りなく、勢力図の説明をしてさしあげただけです」

「君は本当に曲者だよな」

宮崎が丸い顔を振るようにして、肩をすくめてみせた。

記事を書かせた仕掛け人が、誰かということははじめからわかっていたから、大屋にしても宮崎にしても、谷村を不気味な男として、一目置くポーズは崩さない。

「今度の国会で、郵信公社の民営化法案が、間違いなく成立します。記者さん達の関心は、もう民営化そのものではなくて、その後の人事と体制なんです。ですから誰が新社長になっても、すぐに記事が書けるように、彼らは背景説明を求めてくるんです」

郵信公社の民営化は、政府内で法案が練られ、今国会で事業法と会社法、さらに整備法の改革三法案が、審議される予定になっていた。

三法案が成立すれば、あとは翌年四月一日の民営化移行に向けて、一気になだれ込んでいく。法案成立から民間企業になるまで、わずか数カ月しかなかった。だから政府は、国会審議のなかで、初代社長を誰にするか、正式に決定しないまでも、見通しは、しっかりつけておかなければならないのだった。

陣頭指揮をとるはずの新社長を、法案が成立してから、云々している時間の余裕など、あるはずがないのである。

だから谷村は、郵信公社の改革三法案の審議に入るまでが、ヤマだと思っていた。法案が成立してしまえば、初代社長の椅子を巡る争いは、一気に終息に向かってしまう。

「記者に質問されれば、都合のいい方に誘導するってわけか」

大屋が感心したように吐息をついた。

「これからが本番ですよ。今までは経済雑誌が中心でしたが、国会審議が始まったら、大新聞が毎日のように取り上げるようになります。再度、南原副総裁の乱心……だなんてね」

谷村は地黒の顔に不敵な笑いを浮かべた。

これほどうまくマスコミを、それも狙った方向へ正確に誘導できるとは、それがマスコミ自身が、懸命に求めていた方向であるにしても、谷村は思ってもいなかった。ただ副総裁派の動きを、すこし誇張して伝えたきらいはあるが、嘘を言ったわけではなかった。

だが谷村の解説で、マスコミの受け取り方は一気に、民営化が善で、それに反対する勢力は悪……ということになっていった。

その発想でいけば、善は総裁の中沢、悪は南原となるのは必然だった。だから正義の味方を自認するマスコミが、ある時期以降一斉に、悪の代表の南原批判を繰り広げるのは、自明だったのである。

「ずいぶん金がかかったんだろうな」

宮崎が聞いた。

「広報部の予算を、おおっぴらに使うわけにはいきませんから、費用はすべて大屋理事の方へ回させていただきました」

谷村が大屋を見上げた。

「その辺で拾ってきた金じゃないからなア……。苦労してお札を一枚ずつ集めたんだ」

大屋が大人を気取って言った。

それもそのはずだった。大屋は理事になってからも、引き続き職員局長を委嘱されていたが、事務系にとってそのポストは、一振りすれば一振りごとに、現金が湧き出してくるまさに打ち出の小槌だった。大袈裟に言うとマスコミ対策費など、無限に調達できたのだった。

中沢が総裁に就任してから、月次決算を取り入れ、経理がかなりのところまで透明になり、おかげでその分窮屈にはなっていた。

だが予算制度だったから、裏金作りのからくりが、そっくり記録に残っていた。というのは、役所はどこも同じだったが、予算を使い切らなければ、翌年から余った分だけ確実に削られてしまう。そこで期末には残った予算を使ってしまうのだが、それが半端な金額ではなかった。

もっとも資産に残るような、大きなものを買うわけにはいかないが、什器類を滅多やたら購入するのだった。

手っとり早いのは机やイスで、軒並み新しいものと入れ替える。本社だけではなく、支社や全国六千の電話局にまで、総入れ替えのようなことをするのである。納入業者の言い値での購入だったから、定価はあってなきがごとしで、トータルすると膨大な金額になった。

さらに買うものがなくなると、本社はいうに及ばず支社、電話局の窓拭き、床掃除を清掃会社に依頼する。

狙いはもちろん予算の完全消化だったが、期末での納入業者からの、部分的なキックバックも、計算に入っていた。これらの采配を一手に振るのが職員局長だったから、事務系が動かせる資金は、数一〇億円の規模になっていた。

「それで、かんじんな社長レースは、どうなると思う?」

「もう勝負あったんじゃないでしょうか。中沢社長で決まりですよ」

「そんなにうまい具合にいくかな」

大屋が信じられないというように、首をひねった。

「マスコミの論調は、公社民営化が正義です。それに反対し続けた南原副総裁は、悪の権化のようなものですからね。マスコミに総スカンを食らっている副総裁を、いまあえて社長に持ち上げようとする政治家は、いませんよねェ」

「副総裁は民自党の金田さんに、かなり入れこんでいるらしいな」

「でもあえて火中の栗を拾うような真似を、大物政治家がするわけがありません」

「じゃ南原は、献金の取られ損じゃないか。もっともいくらせびられても、自分のフトコロが痛むわけじゃないからな」

大屋がにやりと笑い、それに宮崎と谷村が追随した。

「技術系の切り崩しは、うまくいっているんですよね」

谷村は大屋がどこまで、社内の勢力図を塗り替えたか、確認しておこうと思った。このところマスコミへの対応に忙しくて、社内に座っている時間が極端に少なくなっていたから、最新の派閥地図に、狂いが出ているかもしれなかった。

「神山太一郎《かみやまたいちろう》がこっちへついたよ。去年の人事で、企画室の次長に引っ張ったから、それが効いたようだな」

神山太一郎は東大工学部の卒業で、純粋な技術系だったが、南原副総裁と折り合いが悪く、ずっと冷遇されていた。それを大屋が、公社中枢の企画室次長に引き上げ、いずれ理事への就任もほのめかしていた。だから神山が技術系を離れて、中沢支持に回ったのは、うなずけるところだった。

「そろそろ化粧の濃い美人達を、呼びましょうか」

宮崎がもういいだろうというように、谷村の同意を求めた。

谷村の合図で、三人の芸妓が座敷に入ってきて、急に賑やかになった。向島の芸妓は内芸者といって、料亭自身の抱えが多い。若いし美人ぞろいで、格式ばって気取るところがなかったから、肩のこらない遊びができると、最近は記者の接待でも、谷村は向島を使うことが多くなっていた。

大屋の隣に控えた若い芸妓が、派手に悲鳴を上げて笑いこけた。なにが起きたのかと、谷村は体を座卓に乗り出した。

「理事。それは……」

大屋がズボンのチャックを下ろし、パンツの中味を引き抜いていた。それが評判の一物で、改めて見直すほど大きかった。よほど使い込んでいるのか、カリの張った先端が、黒光りした無言の年季が感じられた。

「いま勃《た》っているんですか」

あまりの巨大さに、大屋が隣の若手芸者に、突然欲情したのではないかと谷村は疑ったくらいだった。

「馬鹿言うな。そのときは最低でも倍の大きさになる。ほら、この通りまだ柔らかいだろう」

大屋が目を丸くしている芸者の手を摑み、むき出しにした股間に導いた。だが芸妓は嫌がるふうもなく、谷村が見ている前で、大屋の巨大な一物に手を伸ばした。

「こんなのがもっと育っちゃったら、入り口が裂けて、壊れちゃうわよ」

「だけど一度味わったら、絶対に忘れられなくなるぞ。試してみるか」

「勘弁して。歩行困難になっちゃうわ」

一人の芸者が慌てて手を離した。

「理事の一物自慢はやめにして、飲みましょうよ」

宮崎が苦笑して言った。そして、酔うとすぐ見せたがるんだからと、妓たちにウインクをして見せた。


「これを見たか」

南原は苛立たしげに何冊かの雑誌を、副総裁室の応接テーブルに放り投げた。

「ああ。それ……」

答えた室谷理事の顔が引きつっていた。その横の村井も青ざめている。

「どうしてこれほどまでに、おれがマスコミに叩かれなければならないんだ」

南原が怒りのこもった声を、室谷と村井にぶつけた。

国会に郵信公社改革三法案が上程され、審議が始まったとたん、一般紙までが南原を、悪しざまに書くようになっていた。いわく改革反対派の領袖《りょうしゅう》、既得権益の亡者、改革派総裁に公然と反旗……などなど、マスコミの論調は熾烈《しれつ》を極めた。的外れの批判が大半だったが、反論しようにも、どうしたらいいのかわからなかった。

「誰か意図的に、副総裁の悪口をマスコミに、流しているんじゃないでしょうか」

室谷が恐る恐る聞いた。

「君のお兄さんは、公共放送の会長だったよな。なにが原因でマスコミが、こんなにわたしを悪しざまに批判するのか、聞いてみてくれないかね」

「調べてみましょうか」

室谷は額に滲んだ汗を手の甲で拭い、気のすすまない口調で言った。

「悪口を書いたマスコミに、事実無根だからって、広報部に抗議させたらどうでしょうか」

村井が上目遣いで言った。

「あいつが担当じゃな……」

広報部報道担当の谷村に、正面から火消しを指示すべきだったが、それはしたくなかった。今度のマスコミの批判は、巧妙で意図的で、素人の仕掛けとは思えなかった。ひょっとして谷村自身が、仕掛けの当事者なのかもしれないと、疑ってもいた。

「わたしから広報部長に注意します。それといったい誰が副総裁の悪口を、マスコミにしつこく流しているのか、大騒ぎをして、あぶり出したらいかがでしょうか」

村井が了解を求めるように言った。

「犯人探しか……。それは君にまかせよう。民自党の金田副総裁に今夜会うから、どうしたらいいか相談してみるよ」

さしもの南原も、こうまでマスコミに叩かれると、すこし不気味な感じだった。

夕方六時。南原は紫の風呂敷に包んだかなりな現金を、五つに分けてクラフト紙の封筒に入れ直し、脇に抱えて公社を出た。

目指すは赤坂のロイヤルマンションの金田の居室。月に一度のマージャンの日だったが、すこし話があるから早目に顔を出してくれと、事前に言われていた。

マスコミをどうやって抑えたらいいのか、政界遊泳の名手金田なら、よく知っているのではないかと、南原は思った。民自党の副総裁に上り詰めるまで、金田はマスコミと、さまざまな軋轢《あつれき》があったはずである。それらを巧妙に切り抜けてきたのだから、いい智恵を持っているに違いなかった。

「お、来たな。さ、やろう」

マンションのリビングで、いつものメンバーと南原を待っていた金田が、隣の部屋を指さした。

「まず、これをお収めください」

南原が風呂敷の現金を、テーブルの下に置いた。

「ウン。ウンウン」

金田が皺の多い顔をほころばせ、秘書に目配せをする。いつものことだったから、金田の礼の言葉はそれだけで、すぐに四人のマージャンがはじまった。

「なにが原因なのか、最近、わたしがマスコミに目の敵にされ、困っております。彼らを懐柔するいい智恵がおありでしたら、ご伝授いただきたいのですが」

パイを積みながら南原が聞いた。

「連中は小判鮫のようなものだからな」

金田の返事はそれだけだった。

昔から能弁な人物ではなかったが、普段ならポツリポツリと、多少は参考になる意見を口にする金田良介だったが、今夜は明らかに口が重かった。

「しかし彼らをこのまま、放っておいてもいいんでしょうか」

「どうして君は、あんなに評判が悪くなってしまったんだろうね。心当たりがあるんじゃないのか」

金田は南原に顔を向けようともしないで、パイに視線を集中させていた。

「心当たりと言われましても格別には……。記者から面会を求められて、断ったこともありません。批判される覚えがないのです」

「受け身なのが悪かったのかもしれんな」

いつになく金田の歯切れが悪い。

その金田から、話があるからと南原は告げられていたが、悪い話かもしれなかった。それで金田は、南原にどう説明しようかと、迷っているのではないか。悪い予感が膨らみ、南原はマージャンに集中するどころではなくなってきた。

おかげで大ものの手を連続して振り込み、半チャン二回とも箱テンになる始末だった。

「用意はできているか」

金田が秘書にしわがれた声で聞いた。

「応接室に、準備が整っております」

「ウン。行こうか」

金田が立ち上がった。

応接室は政治家や財界人との密談室で、南原はまだ一度も入ったことがなかった。部屋は洋室で、中央の大理石のテーブルに、ブランデーと、乾きものの簡単なつまみが用意されていた。

祝杯?……。

金田に酒を振る舞われるのは初めてで、もしかして民営化会社の社長に、自分が決まったのではないかと、南原は一瞬だけ胸をときめかせた。

「まあ飲みなさい」

秘書がグラスに色の濃いコニャックをストレートで注ぎ、南原の前に押し出した。金田には水割りが置かれた。

金田が水割りのグラスを高く掲げ、南原もそれに応じて、ナポレオンを口に含んだ。ブランデーの芳醇な香が口腔一杯に広がり、張り詰めていた神経がふっと緩んだ。

「いまも言ったように、党内での君の評判が悪くてな。マスコミが書き立てるせいもあるんだろうが、いかなわしでも、もう援護できなくなってきているんだよ」

思いがけない金田の言葉に、南原は肋骨の上から、心臓を叩かれたようなショックを覚えた。

「ここで副総裁に見放されましたら……」

声を絞り出したが、息苦しくて最後まで続かなかった。

「見放すつもりはないが、どうしてマスコミ対策を、しっかりやっておかなかったのかと、残念でならんね」

「明日からわたしが、陣頭指揮でマスコミ対策に当たります」

「半年前にそれに気づいていたら、楽だったんだがね」

「もう遅いと……おっしゃるのですか」

嫌な方向に話が向かってきて、南原の声が喉に絡んだ。

「そうは言っていないが、民営化まであと半年しかないんだよ。これからいまの状況をひっくり返すのは容易じゃないぞ」

「まさか副総裁は、わたし以外の誰かが、郵信初代社長に決まったと、おっしゃっているんじゃないでしょうね」

背筋に冷たい汗が流れ、南原はがっしりした体を震わせた。

「それはないが、同時に党内を君でまとめられそうもないんだよ。郵政族も君のことを、あまり高くは評価していないしな」

「郵政族を取りまとめられて下さっているのは、坂本龍一郎先生でしたね。先生には副総裁を通じて、かなりの額の献金をさせていただきましたが、それでも評判がよくないのでしょうか」

　坂本に渡すからと言われて、これまでに南原は二回にわたり、金田に金を届けていた。それなのに、どうして郵政族内での評判が悪いのかと、南原は声に出して叫びたかった。

「君を支持したくても、マスコミ批判があれだけきついと、みんな二の足を踏んでしまうんだよ。坂本にしてもな」

「それじゃ……」

　目の前が真っ暗になってきて、南原は声を出せなかった。

「民営化される会社の副社長人事なら、わしの力でなんとでもなる。だが初代社長となると、党内の取りまとめが必要で、どうしようもないんだ。評判を落とした君の不徳だと、諦めるんだな」

「政治資金なら幾らでも用意させていただきます。副総裁なら、わたしを新会社の社長に推すお力をお持ちです。このとおりでございます。ご助力をたまわりたいのです」

　南原はソファから滑り降り、カーペットに両手をつき、額を床にこすりつけた。

「しかしそれでは騒ぎになる。公社が新しくスタートするのに、ふさわしくないな」

金田が平然と南原を見下ろし、冷たい声で言った。

「お願いでございます」

はいつくばったまま、南原は懸命に哀願した。下を向いているせいで、涙が溢れてきて、拭いても拭いても止まらない。

「座りなさい。もう戦いは終わったんだ。君は負けたんだよ。潔さも必要だぞ」

「わたしは……ではこれからどうなるのでしょうか」

のろのろと体を起こし、南原はソファに腰を戻した。

「今のままなら、なにも変わらんさ」

「すると新会社の経営陣は？……」

「中沢社長に南原副社長だろう」

肉片を犬に投げ与えるような、無造作な言葉だった。

「民営化前に、中沢総裁がわたしを切るかもしれません」

「そんなことはさせんさ。君には新会社のために、まだまだ働いてもらわなければならん。それとこれから先、社長になるチャンスもある。諦めるんじゃない」

最後に励まされたが、いましがた金田は、戦いは終わったと言っていた。すべてが決まった後のように思えて、言葉だけでは今更なんの慰めにもならなかった。

いままでなんのために、多額な金を届けつづけてきたのか……。金田にはこの一年、マージャンに誘われる度に数百万円を包み、盆暮にはそれ以上の金を何度も届けてきた。さらに坂本に渡すからと、別口の金を要求されている。すべて合計すれば、いくらになるかだ。

無駄金だったのか……。

金田の誠意のなさに、南原は怒りが煮えてきて、罵倒してやりたかったが、口に出して言う勇気はなかった。

第三章　波瀾《はらん》の前兆

1

その同じ年の四月一日。郵信公社は民営化され、ニッポン郵信として新生した。

公社時代は総裁だった中沢雅人が、ニッポン郵信の初代社長に就任し、中沢と新会社社長の椅子を争った南原副総裁は、金田が言っていたように副社長に横滑りした。スタート時のニッポン郵信は、新体制下での混乱を嫌って、公社時代の役員体制の大部分を、そのまま踏襲したのである。

中沢と南原の次期社長レースは、正面切って争われたわけではなかったが、このときの両陣営の間にできた溝は、民間企業になったからといって、すぐに修復がつくというものではなかった。思い切って、反乱を起こした恰好の南原を切って捨てようにも、民自党の金田副総裁がバックについていたから、不用意なことはできなかった。

だからしこりが解けるまで、社内に余計な波風を立ててはならないと、大幅な役員人事の異動を避けたのだった。

そして肩書のなかった谷村は、広報室長代理に昇進し、同期入社組の出世頭に躍り出た。その谷村の最初の大きな仕事が、新会社の広報予算を確保することだった。

「この際増額を認めていただきたいのです」

谷村は経理担当の村井常務に、そう申し入れた。

新会社の発足で、中沢社長の誕生に尽力した大屋守は、常務に抜擢され、技術系から寝返った土木屋さんこと村井隆一も、大屋と共に常務に昇進していた。

「あ、そう……」

机に予算の増額案を開いた村井は、印鑑を押そうとして一瞬手を止めた。

取締役経理部長の飯島信行《いいじまのぶゆき》から、一応は村井常務の、承認を得ておくようにと言われて、口頭で了解を得ればいいだろうと、谷村は軽く考えていた。

「これはやたらとゼロが並んでいるね。ちょっと待ってくれ。いま数えるから」

村井が数字のゼロを指で一つずつ押さえて数えはじめた。

「こりゃなんだ。一〇億円の増額でトータル三六億円になっている。これは間違いじゃないのか」

印鑑を持った村井の右手が、突然震え出した。

「飯島経理部長の了解はとってありますので、よろしくお願いします」

村井の様子に不審を感じながら、谷村は深く頭を下げた。

「こんなものにハンは押せんよ」

だが村井が顔色を変えて言った。

「えっ？」

谷村は呆気にとられて村井を見た。

「一億や二億の増額ならともかく、いきなり一〇億円も増やして三六億円にしろだなんて、めちゃくちゃじゃないか」

「経理部では、このくらいの増額なら、問題はないと判断しておりました」

「とにかくわたしはハンを押さない。飯島部長と相談して決めるんだな」

村井は持っていた印鑑を、机の引き出しにしまってしまった。それでやっと村井の手の震えが止まった。

書類を突っ返された谷村は、茫然とした。新生ニッポン郵信にとって、広報活動は重要だった。三六億円という予算額も、年間売上高四兆六千億円から考えれば、微々たるものだった。それが認められないというのは、いったいどういうことなのか？……。予算の増額が認められなければ、年間二六億円の、公社時代の広報予算のままで、新体制を賄《まかな》っていかなければならなくなる。

だが広報室は、ニッポン郵信の企業イメージを高めようと、すでに大手広告代理店と組んで、新会社のPR作戦を展開することになっていた。

一〇億円の予算増額が、認められることを前提に、大手新聞やラジオ、テレビ、全国版週刊経済誌などの広告枠が取ってあったから、いまさら駄目だと言われても困るのだった。だが上司が了解できないというものを、力ずくで捺印させるわけにはいかなかった。

取締役経理部長の飯島と、相談して決めろということは、一〇億円の増額を認めて、あとから責任を云々されたくない……という、保身にほかならなかった。そういえば村井は、細かいことで有名だったなと、常務室を出た谷村は、弱い者いじめの〝ビス〟事件を思い出した。

公社に最後の総裁として乗り込んできた中沢は、角砂糖を砂糖壺式に替えたり、鉛筆一本も無駄にするなと、口を酸っぱくして節約を呼びかけた。もっとも中沢は、そんなことで、大きな金額の節約ができるとは、思っていなかった。総裁みずから節約を訴えることで、野放図極まりない職員の意識を、改革しようとしていたのだった。

だが村井は、ポイントになる中沢の経営理念が理解できなかったから、腹話術の人形のようなもので、中沢と同じことを、ただ口を動かして言っているだけだった。

「一本について一銭の値引きをしてもらいたい」

ビスの納入業者に、村井は自分で電話をして申し入れた。そして一銭安くなったビスを百万本集めたのである。金額にして一〇万円の節約……。ビスは一本一〇銭とか一五銭の、これ以上は下げようのない、小さな金額の商品である。それを一本当たり一銭値下げしろというのだから、要求された業者は、たまったものではなかった。

「あの人は弱い者いじめの好きな、サディストだよ」

村井の悪評は、あっという間に納入業者に広まり、谷村の耳にも入ってきた。

職員の意識改革を狙った中沢と、実際に一〇万円を節約しようとした村井の、根本の考え方の差だった。そして村井が本当に節約を考えたのだったら、弱い納入業者にではなく、無駄遣いの多い職員の意識に、目を向けるべきだった。

村井はなにもわかっていないだけではなく、肝っ玉の細さも、同時に露呈する結果になってしまった。

だが村井は常務だったから、谷村の立場では面と向かって批判をするわけにもいかず、ひとまず引き下がるしかなかった。

「常務がそんなことを言ったのか」

経理部長室で向かい合った飯島が、呆れたというように細い眼で言った。

「広報予算が認められないなんて、初めてですよ。もう広告代理店とは、煮詰めた話をしていますから、従来通りの二六億円では、お手上げになります」

「じゃ三六億円を各期ごとに、四分割したらいい。そうすれば一回当たり九億円で済むじゃないか」

「着手してしまってから、途中で駄目だなんてことに、ならないでしょうね。あの人の小心さでは、あり得ますからね」

谷村はつい村井への批判を口にした。

「四半期ごとの積み上げで、年間三六億円の予算になりますという形にすれば、訳がわからなくなって、常務は納得するよ」

「でもトータルの金額は同じ三六億円ですよ」

「村井常務はそういう人なんだ」

飯島が唇を歪めて言った。

そんなものかと、谷村は半信半疑だったが、再び村井に四分の一の予算案にして持っていくと、飯島の言葉どおり、今度は何度も合点をして、結局は捺印した。そのあまりの呆気なさに、谷村は拍子抜けしたくらいである。

どういう基準で、村井が予算案を見ているのかよくわからなかった。だが一度に三六億円の予算を認めるとなると、手が震えるほど緊張するが、九億円に四分割なら、あっさりとハンを押すという抜け道だけはわかった。複雑な性格というよりやはり小心者、汚い表現をすれば、尻の穴が小さなやつだと、谷村は思った。

「土木屋さんの洗礼を受けたんだってな」

予算の件があってからしばらくして、どこで経緯を聞きつけたのか、体の大きい常務の大屋がにやにやして広報室の谷村に言った。

「もう知れ渡っているんですか」

広報室での立ち話だったから、谷村は声を潜めた。

「おれの情報網を馬鹿にするんじゃないよ。ところで君の出身地は福岡だったよな。今度の土曜日、どう。遊びに行かないか」

不意に大屋が谷村を誘った。

「出張ですか？」

「そんなところだ」

谷村もしばらく郷里に顔を出していなかったから、一泊だけという大屋の誘いに乗ることにした。それに福岡支社は、大屋が課長時代に労組との交渉で、一躍名前を上げたところだったから、谷村には興味があった。

――その土曜の夜。

顔を真っ白に塗った数人の年増芸者が、お座敷へ入ってくるなり、「やっとわたしのところへ、帰ってきてくれたのね」と、嬌声を上げて大屋に抱きついていった。ほかの芸者も大屋を囲み、騒がしいことはなはだしい。

大屋のもてぶりに、谷村は苦笑した。

博多《はかた》の料亭〈桜〉のお座敷。福岡支社長と支社の幹部社員、そして公社時代のOBまでかけつけてきて、大屋と谷村を入れて一〇名ほどの宴会になった。その席で、恐い芸者と呼ばれる博多の綺麗どころが、ほかの客には目もくれず、大屋に殺到しているのだった。

「みんなおれの巨大一物の味が、忘れられないんだろう」

大屋がにやついて、白塗りの気の強い芸者を抱き寄せた。すぐに妓たちの嬌声がからみあい、大袈裟な悲鳴が上がった。

それにしても……だった。福岡での大屋の人気は尋常ではなかった。

「大変な人望ですね」

芸者がそれぞれの客に納り、騒ぎが一巡したところで谷村が聞いた。

「おれは本社じゃ、人気がないような言い方だな」

大屋が軽口で切り返した。かなりご機嫌な表情だった。

「本社とは桁違いの人気ですから、驚きもしますよ。どうやったらこんなに人心を、いや女性の心を引きつけられるんですか」

酒の酔いで谷村が聞いた。

「例の組合争議だが、管理職も組合員も、本気でやり合った。あの時期は真剣に濃密な時間を過ごしたんだよ。だから今でもおれが顔を出せば歓迎される」

大屋が真顔で言った。

谷村は午後五時に、福岡駅に近いニッポン郵信福岡支社へ、大屋とともに到着したときのことを思い出した。到着時間は前もって伝えてあったが、支社ビルのロビーへ二人が入るなり、待ち構えていた支社長や社員に、大拍手で迎えられたのである。

なにごとが起きたのかと、谷村は思わずきょろきょろと周囲をうかがったくらいだったが、大屋は平然と支社長に歩み寄り握手を交わしていた。

拍手が一段と大きくなり、それは大屋を出迎える儀式なのだと、谷村も納得した。

それにしても、支社長を筆頭に、幹部社員がホール一杯に並び、さらには若い女子社員までもが、にこにこと笑みをたたえ、花束を抱えて大屋を歓迎する……とは、いったいどういうことなのか？　谷村は理解に苦しんだ。

それだけ大屋が、福岡支社では伝説的な存在だったのだろうなと、自分なりに推測するしかなかった。

「芸者さんにもてもてのところを見ると、やっぱり濃密な、かなり深い深い付き合いをされたんでしょうね」

「当たり前だろう。みんなおれのこのモノの味が忘れられないのさ」

大屋がズボンのチャックに手を掛けた。

「また見せるんですか」

谷村がそう言ったとき、隣に控えていた年増の芸者が、いきなりズボンに手を突っ込み、大屋の巨根を引き抜いた。

「ほれぼれする大きさだけど、賞味期限はどうなっているのさ」

「死ぬまで現役に決まっているだろう。女なくしてなんの人生かだよ」

年増芸者はひとしきり、大屋の一物を褒めあげてから、ズボンにしまって手際よくチャックをかけた。大屋のモノ自慢を、昔から扱いなれている様子だった。

宴がたけなわになったところへ、店と契約しているバンドが呼び入れられ、カラオケならぬ生オケ合戦がはじまった。

「時はめぐり、また夏が来て……」

これを歌うと、東北大学の学生時代を思い出すんだと前置きをして、大屋が一人で歌いはじめた。一時流行した〈青葉城恋歌〉である。大屋の趣味は酒と女だけかと思っていたが、思い入れたっぷりなその歌い方には、情感がこもっていてかなりのうまさだった。

若いころから、ずいぶん遊んだのだろうなと、谷村はマイクを握る大屋を笑顔で見上げていた。問われるまでもなく、自腹を切っての遊びであるはずがなかった。その点で大屋は昔から、理由を考えだして交際費をたっぷり使うことが、誰よりもうまかった。

「さあさあ、みんな並んで」

姉さん役らしい年増芸者が、全員を立たせて一列に並ばせた。

いったいなにごとが始まるのかと、谷村が好奇心を丸出しにしていると、柄《え》のついた小太鼓と、細いバチを芸者から渡された。戸惑っているのは谷村一人で、あとのメンバーは慣れた様子だった。

「元気に声を出して、さあ行くわよ」

先頭に立った芸者が、大きな声で「どんどん」と叫び、小太鼓をドンドンドンと叩き鳴らし、座敷の中を全員が回りだした。その後に福岡支社長や社員、それに大屋や谷村が、芸者衆と小太鼓を叩きあいながら続く。

ドンチャン騒ぎとは、このことを言うのだろうなと谷村は呆れたが、やってみると日頃の鬱憤《うっぷん》が、跡形もなく消えていった。どんどん、ドンドンドンとさらに声を張り上げ小太鼓を叩いているうちに、全身から汗が噴き出し体が軽くなっていく。いいストレス解消法には違いなかった。

「なんせマスコミ接待では、この土地では社長が先頭で、こうやって太鼓を叩くんですからね」

課長クラスの社員が、苦笑交じりに谷村に言った。

支社長や役員と支社の社員が、輪になって芸者と入り乱れ、小太鼓を叩いているところを、写真週刊誌に嗅ぎつけられでもしたら、大変なことになるはずだと考えると、かえって谷村は愉快になってきた。

宴会がお開きになり、中洲《なかす》へ繰り出そうという支社長の誘いを大屋が断った。疲れたからホテルへ戻るのかと思ったら、違っていた。

「ちょっと寄って行こう」

「まだ飲み足りないんですか」

酒豪の大屋だったから、昔なじみのクラブへでも、お忍びで行くつもりかと思ったが、目指す方向が違っていた。車を呼ばないところを見ると、遠い場所ではないのだろうと、谷村は見当をつけた。

料亭を出て橋を一つ渡った一角は、こぢんまりとした、屋根の低いしもた屋が連なっていた。一軒の小さな家で大屋を待っていたのは、四〇歳代の小柄な女性だった。

「前にも話した、会社の谷村君だよ」

卓袱台《ちゃぶだい》の前に座った大屋に、谷村を紹介された女性は「京子《きょうこ》です」と会釈して、奥に引っ込んでお茶を運んできた。

「おれは博多ではホテルへは帰らないんだ。いつもここへ泊まる」

大屋はそう言うと立ち上がった。

それを待っていたように、小柄な京子が、大男と言っていい大屋の、背広やワイシャツを脱がせはじめた。谷村が呆気にとられて見ていると、最後は大屋のパンツまで脱がし、性器むき出しの全裸にしてしまった。

谷村が啞然としていると、女性は裸になった大屋に、背伸びをして寝巻とドテラをはおらせた。

「すごいんですね」

「おれのイチモツか」

「それは前からわかっていますが、常務の扱いですよ。まさかすっぽんぽんの裸にして、寝巻に着替えさせようとは、思いもしませんでした」

「大江戸証券の栗栖社長が、おれと同じことをやっているらしいな」

「でも栗栖社長は、どこでそんなことをやってみせたんですか」

「料亭さ。浴衣だと寛げるからな」

「京子さんは常務の?……」

見当はついていたが、女性が台所へ引っ込んだところで聞いてみた。

「博多妻かな?……。昔は公社に勤めていた」

衒《てら》いのない開けっぴろげな口調である。

「え、じゃ、部下の女性に手をつけちゃったんですか」

「あいつの方から胸に飛び込んできたんだよ。いまは博多で美容院をやっているけどな」

「常務の店ですね」

「出資はしたさ」

「銀座にも彼女がいるし、忙しいんですね」

「大きな声で言うなよ。聞こえたらまずいだろう」

大屋が台所に眼を向けた。噂では大屋はお気に入りのホステスを、四谷《よつや》のマンションに住まわせていて、一方で別な女性には銀座で、クラブを経営させているという。博多妻を入れると、これで三人である。

「英雄、色を好むですか」

「おれなんかまだまださ。栗栖社長なんて、最盛期は五人もいたというぞ」

「栗栖社長、よく体がもちましたね。それに金だって大変だったでしょうに」

「今と違って当時は、社長の女に会社の機密費はいくらでも使えたんだ」

「今そんなことをやったら、面白いでしょうね。マスコミに寄ってたかって袋叩きにされますよ」

「窮屈な世の中だな。栗栖さんは月曜日から金曜日まで、一日に一人ずつ愛人の家を泊まり回って、本宅には土日しか帰らなかったというから、ずいぶん女には几帳面に奉仕したんだよ。そういえば栗栖社長は、博多にも懇《ねんご》ろな芸者がいたって聞いたぞ」

酔いが回っていて、大屋はいつになく饒舌《じょうぜつ》だった。

「常務もそれにあやかったんですか」

谷村は声を落とした。

「初めて京子を抱いたのは、二十歳そこそこのときでな、その頃は可愛かったな。いまはいささかトウが立ったがな」

大屋がにやりと笑ったところへ、当の京子が笑顔で焼酎とつまみものを運んできた。

「わたしはそろそろホテルへ帰りませんと」

谷村が腰を上げた。

「一杯だけ飲んでいけ。ところで君はうちの社長のコレのこと、知っているか」

不意に大屋が小指を突き出して聞いた。

「え？　まさか。昔から女には縁がない方と聞いていますよ」

中沢にかぎって、女との浮いたかかわりはないと、谷村は思っていたから、大屋の思いもよらぬ話に虚を突かれた。

スタート直後の、ニッポン郵信株式会社広報室長代理としては、こんなニュースにはまず正確な事実関係を知っておくことと、マスコミの動きには特に注意しなければならないところである。

「男と女のことって、思わぬときに足許がもつれたりするからなァ」

言動の軽率さに気がついたのか、大屋が言い訳っぽく言った。ただ谷村としては、中沢にもし何らかの秘密があるとしたら、いま知っておくべきだった。

「相手は誰ですか」

迫るように聞いた。

「うん……」

「東京の方とは思えませんが」

「どうして」

「社長の行動は、一通りわたしがフォローしているつもりです。東京でわたしに内緒で、それはできないでしょう」

「自信があるわけか」

当惑気味な大屋の口調。

「お願いします。教えてください」

テーブルに指を突き立てて、谷村は大屋に頭を下げた。

「感想を言うとしたら、美人と言うより、いい女と言うべきなんだろうな。日田なんて九州の山の中の出身にしては、なんというか色白だし……」

ごまかそうとする大屋の口調である。

「なにをしている方ですか」

まさか水商売の女ではあるまいと思ったが、京子のケースもあったから、聞いてみるべきだと思った。

「正真正銘のおでん屋。おでん屋のママさんだよ」

「え、おでん屋……ですか」

「中沢社長は日田の出身だから、九州同士で話が合ったとか。色がらみ以外の、そういうことだってあるだろう」

「しかし常務は、どうして知っているんですか」

ニッポン郵信の社長とおでん屋のママ……。ミスマッチというか、しっくりしない組み合わせだなと思った。だから中沢の交遊リストにはないはずなのである。

「どうしてって、男と女のことだからなァ」

「本当のことが知りたいんです」

「わかったよ。どうということはないんだ。初めはおれが社長を連れてって、引き合わせてやったんだから、よく知っているわけさ」

あっけない言い方だった。

「まさかそんなことまで！」

「おいおい誤解されちゃ困るよ。社長に気に入られようとして、女衒《ぜげん》めいたことをしたというわけじゃないんだから。新橋《しんばし》でおでん屋へ入った。おれは前から知っている店で、ママさんは眼許の涼しい感じの人。社長が好感を持ったかもしれないっていう、それだけさ」

「それだけだということはないでしょう常務。色白な方なんでしょう」

「しかしそのとき、やらせてもらったかどうかまでは、知らんからなァ」

露骨な大屋の口調である。

「年はいくつですか」

「さあ。四二、三というところかな。上玉……だったのだろう」

「独身ですか」

「たしか離婚したって聞いたけど、子供がいるので金がかかるだろうな。社長にその辺のことがわかっていればいいんだが」

「わたしになにかしろとおっしゃられるのでしたら、なんでもいたします」

「ま、そこまではな。時代が違うから」

明らかにいろいろと知っていて、含んでいる口調。そういう女性と中沢は、どういう手筈でいつもどこで会っているのか――

2

「次はいよいよ役員ですね。期待しています」

銀座の高級寿司店のカウンター席で、谷村は大柄で角張った小塚の、本社転勤を祝っていた。

小塚は、中国支社長を三年務めて、去年六月に、企業通信システム事業本部の、副本部長で戻ってきた。この事業本部は、これからの飛躍が期待できるデータ通信の中枢で、ニッポン郵信が最も力を入れている分野だった。

その副事業本部長に就任したのだから、小塚はいずれ、取締役の仲間入りを果たすのは確実だった。

「ちょっと遅れているけどな」

小塚が杯をあおって苦い顔になった。

「ですけど入社三〇年で、役員一歩手前というのは、こんな巨大組織では大出世ですよ」

「だから年を考えてくれよ。もう五五だぞ。大屋はおれより二歳上だけど、それも東北大学の出身だっていうのに、もう副社長だからな」

小塚は東大法学部以外は、大学ではないと常々広言していた。その頑固な考えを実証するため、自身浪人をしてまで、東大法学部へ入り、目的を達した。おかげで公社へ入ったのは二五歳で、大屋と較べると入社時のその差がハンデになっていた。

「しかし大屋常務が一気に、副社長へ昇格するとは思いませんでした」

谷村が小塚を慰めた。

「あんな連中が副社長とは、先が思いやられるな」

小塚が言ったあんな連中というのは、去年六月の役員人事で、そろって副社長に抜擢された大屋と村井を指していた。これで副社長は南原と室谷に、大屋、村井が加わって四人体制。

いまだに技術系に、根強い支持者が多い南原の勢力を削ぐため、大屋と村井を副社長に格上げしたというのが、周囲の一致した見方だった。

そのため次期社長レースは、どうやら大屋と村井の対決になると、社内で噂されるようになっていた。

「臨調の水上委員長が、ニッポン郵信は民間会社になったんだから、人事は自由にやるべきだって、中沢社長にハッパをかけたらしいですよ」

「民間企業になって、これまでのように、いちいち官邸や郵政省の顔色を、うかがわなくてもよくなった点は、いいことだな。それにしても、大屋というのは、あいつは遊んでばっかりいて、どうしようもないぞ」

アルコールが回りはじめたためか、小塚は大屋副社長の誕生が、よほど不満らしかった。

「でも職員局時代には、お二人はずいぶん親しく、つきあっていたそうじゃありませんか」

「大屋とは同じ岩手県出身だし、あいつが局長、おれが次長だったからな。しかし頭の回転は遅いし、しっかりした見識もない。大屋にあるのは金と女への執着そのための名誉欲だけだよ」

「ずいぶん厳しいですね」

昔から小塚は、歯に衣着せずに、ずばりと物を言う性格だったが、ますますその舌鋒《ぜっぽう》が鋭くなっていた。

「大屋はおっとりして、貴族のような顔をしているが、それが曲者なんだ」

「そういえば大屋副社長、岩手の出身なのに、おれは京都の公家の末裔だなんて、言い方をしていましたよ。岩手県の宮古《みやこ》は、京の都から貴族の女たちが嫁いできて、みんなその血を引いているんだとか……。だから美人が多いって本当ですかね」

「馬鹿なやつだ。宮古に京美人が入ってきたというのは、平泉《ひらいずみ》の金と京都の女を交換する、場所だったからじゃないか。貴族の女が喜んで東北の地へ、嫁いできたわけじゃない」

小塚が吐き捨てるように言った。

「じゃ京の女たちは、宮古を素通りしてたんですか」

「そういうことだよ。大屋は血筋の良さを強調したいんだろうが、そのために無知をさらけ出しているようなものだ。あんなのが万が一にも社長になったら、ニッポン郵信は悲劇だぞ」

「でもさすが大屋副社長は、組合には評判がいいですね」

「あいつの存在基盤は組合しかないからな。だがあいつはいつも、相手の弱点を虎視眈々《こしたんたん》と探っている。君も寝首をかかれないように、気をつけるんだな」

「わたしなんか眼中にありませんよ」

大屋は策士ではあるが、小塚が言うほどの悪人ではないと、谷村は思っていた。

「ところで、ナビゲート社の園部《そのべ》晃《あきら》に会ったことがあるか」

小塚が不意に話題を変えた。

「面識はありません。売り出し中の若手財界人ですよね」

「東大卒だと言っているが、きっといい加減なやつだぞあれは」

小塚はさも不愉快だというように、眉間に皺を刻んで言った。

「揉め事でもあったんですか」

「うちはナビゲート社に、光ファイバーを貸し出して、回線リセールをさせているだろう。それで園部が事業本部へよく顔を出すんだが、我が物顔に振る舞っている。あれはかなり胡《う》散《さん》臭い男だな」

北海道の旭川《あさひかわ》から九州の鹿児島まで、三四〇〇キロメートルにおよぶ、日本縦貫光ファイバーケーブル伝送路を、ニッポン郵信が完成したのはニッポン郵信スタートの年の七月だった。ケーブルには、光ファイバー回線が何本も入っていて、情報をやりとりする容量も、従来の電話線に較べるとはるかに大きい。そのうちの一本をニッポン郵信から卸値段で借りて、ほかの企業に又貸しするのが、ナビゲート社がはじめた回線リセールだった。

就職雑誌や、住宅雑誌で急成長したナビゲート社は、やがて高度情報通信時代が到来するとうたい上げ、ニッポン郵信に急接近して、回線リセールを実現したのである。さらにスーパーコンピューターを購入し、ニッポン郵信の横浜と大阪の施設に設置して、コンピューターの時間貸し事業も、展開しはじめていた。

中沢社長は才走った若い園部が気に入って、全面支援を打ち出していたから、園部が大手を振って、ニッポン郵信の社内を歩き回っているというのは、容易に想像することができた。

「やり手だって聞いていますけどね」

「うちの本部長の別所《べっしょ》なんて、まるで園部の露払いだね。園部に同行して営業して回っているんだって、平然と言っているから驚きだよ。別所はどういう頭脳構造をしているんだろうな」

小塚が別所栄《さかえ》を悪しざまに言った。

別所は、企業通信サービスのスペシャリストで、技術系のプリンスと呼ばれ、同期のトップを切って、取締役に選任されていた。二年浪人した小塚とは違って、ストレートにニッポン郵信へ入社していたから、実は副本部長の小塚より二歳年下だった。

そのことも小塚には、面白くない原因の一つに違いなかった。

「別所本部長がじかにセールスをしていたら、回線リセールを利用するお客が、もっと増えるはずなんですよ。ナビゲート社は三〇〇億円を投入して、一千社を超える利用客を確保したって、言ってますから……」

「東京総支社長の、野村義彦《のむらよしひこ》も協力しているんだ。だからって一企業のために、天下のニッポン郵信の役員が、尻に旗を立てて営業に走り回るなんて、嘆かわしいことだよ」

憤る小塚の声が高くなり、谷村は首をすくめたが、店の中で二人の会話に耳を傾けている者は、いなかった。

小塚の興奮を静めようと、谷村が話題を変えた。

「株がいよいよ上場されますね。もうお買いになったんですか」

ニッポン郵信の株式は一か月後に、東京や大阪など全国の八証券取引所に、いよいよ上場されることになった。政府保有のニッポン郵信株式のうち、まず一九五万株を一般に放出するもので、公募価格はなんと一株一一九万七千円。それも二部市場を飛び越えて、いきなり一部への上場だった。

公募価格があまりにも高過ぎて、これでは応募者がいないだろうというので、ニッポン郵信の社員にまで、証券会社がセールス攻勢をかけてきたほどだった。

谷村はこの際だからと、妻の美也と相談して二三九万四千円の資金をひねり出し、二株の購入を申し込んだ。

「おれは三株買ったよ。愛社精神がないなんて、口さがない連中に言われたくないからな」

「そんなに預金があったんですか。すごいですね」

「ほとんど借金だけどね」

「わたしもあちこち頼み回って買いました。二株です」

「上がってくれないと、これもんだよ」

小塚が首をくくる真似をした。

その、高くて手が出ないと言われたニッポン郵信の株式は、予想を覆して、上場初日はなんと、買い気配のまま値を上げて、終値は遂にストップ高の、二〇〇万円にはね上がった。さらに連日のように急騰をつづけ、わずかな期間に三一八万円まで上がってしまったのである。

ニッポン郵信株のこの急騰が、日本のバブル経済の始まりの、言うならば号砲となったのだった。

「大屋副社長って、一〇〇株も持っているって噂だけど、本当かしら」

谷村が美也と結婚した直後は、山本恵子との仲は一時的に切れていた。だが一年もしないうちに、女の独り寝の寂しさを、たまには慰めてほしいわよと誘われて、恵子との関係があっさり復活してしまった。ちょうど美也が出産で里帰りしていて、谷村にしても、無聊《ぶりよう》を持て余していた時期だった。

それからは月に一度の割合で恵子とは、湯島のラブホテルで肌を合わせる関係が続いていた。

「それはないだろうな」

谷村の胸に頬をあずけた恵子の、滑るような素肌の感触を手のひらで楽しみながら、谷村は否定した。女性上位で深く達したあとの恵子の肌は、いつまでも汗ばんでいて吸いつくようだった。

「でもあの副社長のことだから、こっそり買っているかもしれないわよ」

ニッポン郵信の株式が上場されてから、社員は寄るとさわると今日はいくらだとか、上がったの下がったのと、株価の話題ばかりだった。

「無理をしてでも、もう一株買っておけばよかった」

本社に近い新橋や有楽町《ゆうらくちょう》の飲み屋街では、ニッポン郵信の社員が、そう言って、おだを上げているという噂が、谷村の耳にも届いていた。

人間とは貪欲なもので、現状でも公募価格一一九万七千円の二倍になっていたのだから、それを単純に喜べばいいはずだったが、急騰を目のあたりにして、大儲けのチャンスをみすみす逃したと、悔しがっていた。

「だけどさ、公募価格は一株一一九万七千円だぜ。一〇株なら一千二〇〇万円、一〇〇株で一億二千万円も必要なんだから、いくら大屋副社長だって、そんなにお金があるわけないよなあ」

次は他人のフトコロのせんさくだった。

「そうよね。一〇〇株っていったら大変だもの。でも大屋副社長、会社の株が上場されてから、ずっとご機嫌だわ。きっとたくさん買って、左うちわになっているのよ」

たしかに大屋は機嫌がいいなと、谷村は大ぶりでおっとりした、大屋の顔を思い浮かべた。

「五つとか六つとか、九州の地元には、中沢神社があるっていうくらいだから、社長の背後霊が応援しているんだろう」

　とうとう神様を引き合いに、中沢の運の良さを言いだす者もいた。

　懸案だった株の上場を果たし、多くの社員が潤った。しかしはじめのうちは、買い手がつかないくらいの不人気株だっただけに、買う買わないは個人の自由だった。だから怨《うら》みっこなしなのである。

　買った人は中沢さまさま……だった。

「株の売り出しは、まだこれからもあるんでしょう」

「あと何回か予定されているはずだな」

「わたしこんどは買いますよ」

　宮崎が厚い唇に笑みを浮かべた。歯ぐきむき出しの宮崎の笑顔は、好色そうで谷村は好きになれなかった。その宮崎は前の年に職員局の次長に昇進していて、いまや大屋の直系子分を自認していた。

　広報室長代理の谷村としては、ニッポン郵信の社員が、公開した株価の高騰に浮かれるのは、困りものだった。浮かれてばかりいると、いつなんどきニッポン郵信に、批判の矢が浴びせられるかわからないからだった。

「いっそのこと、社内に中沢神社を建てちゃったらどうだい。こんなに社員を儲けさせてくれたんだから、みんな手を合わせるんじゃないか」

「そんなことをしたら、組合から間違いなく突き上げられますよ」

それでもなおこんな調子で、従業員は中沢社長へのゴマすりを、臆面もなく口にしあっていた。

「本気で言ったわけじゃないが、社長はそれぐらい敬うべき存在だということさ。みんなを豊かにしてくれたんだからな」

大屋の口ぶりでは、自身が買った株はやはり社員が話題にしているような、二株とか三株とかという、そんな小さな株数ではなさそうだった。

「副社長は何株買ったんですか」

谷村はつい確かめて聞いた。

「八株だ。副社長なら、すくなくともそれぐらいは持てって、証券会社の者に迫られてな。一千万円近い購入代金を調達するのに、四苦八苦したよ」

「でもいまは倍以上になったから、一財産できたじゃありませんか」

宮崎がうらやましそうに言った。

「馬鹿いえ。上がったからといって、副社長の地位にいる人間が、右から左へすぐ売るわけにはいかないだろう。持ち続けなけりゃならないんだよ」

不満そうな口ぶりだったが、大屋の頬は緩みっぱなしだった。

その話を恵子に言うつもりはなかった。それより恵子はどうしたかということに、谷村の関心があった。

「恵子は何株買ったの?」

金銭的にしっかりしている恵子だから、預金をはたいてでも、相当な株を買ったのではないかと、谷村が聞いたのである。

「今は二株持っているわ」

「というと、何株か売ったっていうこと?」

「株価が倍になったところで半分売ったから、いま残っている二株は、ただで手に入れたようなものね」

「おれの倍も買ったのか。君には負けるな」

いかにも恵子らしい財テクだったが、それにしても四株なら四八〇万円の資金が必要で、独身女は金持ちだなと、谷村は改めて思った。

「女が一人で生きていくためには、お金が必要なのよね。話は変わるけど、ナビゲート社の園部社長って、ちょっと優男だけど、すごい女好きみたいね」

「なにかあったのかい」

「しょっちゅう社長を訪ねてくるんだけど、その度に誰かを食事に誘うのよ」

「恵子も誘われたのか」

谷村は体を起こして、恵子の丸い顔を覗きこんだ。

「ああいうタイプの男、好きじゃないから、わたしは断っているけど、しつこく何度でも誘うらしいの」

「そんなにいつもいつも、社長を訪ねてきているのか」

「社長室へ月に二、三度は、顔を出しているんじゃないかしら。別所取締役や野村取締役が、いつも同席しているけど」

ますます中沢は、ナビゲート社に、肩入れをするつもりに違いなかった。


数日後、谷村は中沢に社長室へ呼ばれた。

「株式の上場について、マスコミの反応はどうかね」

取締役会で話題になったとかで、中沢もさすがに頬を緩めて谷村に聞いた。

「あれだけ上がりましたから、売り出し価格が安過ぎたという見方をしています」

「だが応募者が損をしないのは、いいことじゃないか」

「目下、一株三〇〇万円台で推移していますから、公募で買った投資家は喜んでいます」

「そうだな」

中沢は鼻先で軽く言った。

「政府は今年一一月に一九五万株と、さらに来年一〇月にも一五〇万株を放出する計画のようですが、こんどは幾らで売り出すのか、市場では注目しています。社長としては、どれぐらいの価格が妥当だと思われますか」

「そんなことはわからんよ。証券会社があおって、世の中の欲張りどもがそれに乗る。勝手にやらせておけばいいんだ」

中沢が急に、いつものぶっきら棒な言い方に戻った。

経営者として、一応は株価も気になるが、株など売買する投資家の、気が知れないという中沢の顔つきだった。

「株価が上がって、買った社員はみんな喜んでいます」

「君も買ったのか」

「すこしでも持たなかったら、愛社精神を疑われるんです」

「それはあるな。おれは社長だからって言うんで、証券会社に無理やり一〇株持たされたが、迷惑な話だ。中沢家の血統はギャンブル好きで、親父が投機に手を出して、先祖代々の財産を失い、おかげで家族がさんざ苦労したからねェ、ギャンブルにはかかわりたくないんだ」

聞いていて、谷村はおやおやと思った。一〇株も買っていたら、それだけで三千万円を上回る資産である。谷村なら大喜びするところだが、中沢は迷惑だと言う。やはり自分たち凡人とは出来が違う大物なのかなと、谷村は改めて中沢の、牛とも蛙とも言われている愛想のない顔を見つめた。

谷村はそれ以来、中沢とはあまり株の話をしないようにしていたが、智代夫人は遠慮がなかった。

「証券会社はニッポン郵信の株が、一千万円まで行くからなんて騒いでいるけれど、谷村さんどうなのかしら」

仕事の打ち合わせで谷村が、井《い》の頭《かしら》公園の中沢の自宅へ呼ばれたときだった。中沢との仕事の話に入る前にと、智代夫人が谷村に聞いた。

「社長は何株かお持ちのようですね」

「あの人は別よ。今年一一月に二回目の売り出しがあるでしょう。それがいまの株価にどう影響するのか、谷村さんならわかるわよねェ」

「いえ。想像もつきません」

「本当かしら。広報室長代理なのだから、いろいろな情報が入ってくるでしょう。わからないってことはないんじゃないの」

コーヒーを運んできた智代が、谷村に執拗に聞いた。タバコを咥えた中沢は、知らん顔で横を向いていた。

「わたしとしては、買えとか売れとかは言えませんから」

「どうしてなの」

「社内の機密に触れる立場ですので、インサイダー取引に引っ掛かってしまいます。それに奥様が、ニッポン郵信の株を、公募数以上に売買されますと、社長の関係から、疑いの眼を向けられる心配があります」

「それじゃニッポン郵信以外の株ならいいわけね。たとえば世界重電とか芙蓉通信工業なんかの株はどうかしら」

「いずれもニッポン郵信の取引先ですので、奥様が売買するのは好ましくありません」

「おい、もういいだろう。仕事の話があるんだ」

仏頂面をしていた中沢が割って入った。牛が苦虫を嚙んだら、こんな顔になるのかというほど、おでこが皺だらけだった。

面白い夫婦だなと谷村は思った。中沢は株に無関心というより、かつて父親が大損をしたからと言って、あくまでも毛嫌いしている感じだった。一方の智代は主婦感覚で、眼をぎらつかせて、儲かる株を探している。この夫婦の間には、株式を巡っての軋轢はないのだろうかと、谷村はふと疑念を抱いた。

3

東京株式市場にとって仮りに忘れられない破局の一日……があるとしたら、昭和天皇崩御の年の一〇月二〇日、火曜日であろう。

ベーカー米財務長官の、ドル安容認示唆発言で、ニューヨークダウが五〇八ドル安。下落率二二・六パーセントと、史上最悪の大暴落となったのである。

ブラックマンデーだった。

そしてニューヨーク市場の急落を受けた東京株式市場も、寄り付きから全銘柄が売り気配で始まり、証券会社の株価ボードは、値下がりを示す赤札一色になった。

アメリカの〝暗黒の月曜日〟に続く、日本の〝魔の火曜日〟の始まりだった。

「うちも値段がつきません」

前場が終わって谷村は、管理部門最高責任者の大屋に呼びつけられた。東京株式市場は、午前中の前引けで寄り付いた銘柄は、一銘柄もなかった。

「まいったな……。世界的な大恐慌になるかもしれないぞ。郵信株が放出価格を下回らないよう、祈るしかないな」

ニッポン郵信株式の第二次放出は、一一月一二日で、放出価格は二五五万円と決まり、当日まであと一か月もなかった。売り出し前にもし二五五万円を下回ってしまったら、第二次の放出計画はいったいどうなるのか。

「本当に一九二九年の再来でしょうか」

谷村の声も無意識に震えていた。

約六〇年前の一〇月二四日、木曜日、ニューヨーク株式市場が暴落した。暗黒の木曜日である。それがきっかけでアメリカ経済は大恐慌に陥り、全世界へと飛び火していった。それと同じことがいま、谷村達の目の前で起きつつあるのかもしれないと、谷村と大屋も顔を青ざめさせていた。

「社員に動揺しないよう呼びかけよう。広報室はマスコミの問い合わせに、落ち着いて答えるよう徹底してくれ」

天から降ってきたような災難だったから、ニッポン郵信単体ではなす術《すべ》もなく、成り行きを見守るしかなかった。

そして大引けの日経平均株価は、一日で三千八三六円安。下落率一四・九パーセントと、これまた史上最大の下げを、記録したのである。そして大半の銘柄がストップ安に落ちていく――

「なんとかストップ安をまぬがれ、大引けは二五五万円を切らずにすみました」

午後三時すぎに、谷村と大屋は副社長室でほっと顔を見合わせた。

ニッポン郵信の株価は、大蔵省の要請で証券会社が必死に買い支え、二六五万円で取引を終わっていた。もっとも一一月一二日の第二次放出まで、果してこの株価が維持できるかどうか、それが最大の問題だった。

「心配して損をしましたね」

翌朝、株式市場が始まってすぐ、谷村は大屋に報告に行った。ニューヨーク株式が急反騰したのを受け、東京株式市場も寄り付きから全面高に一変していた。

「一時はどうなるかと思ったぜ」

さすがに大屋もほっとした表情だった。もっとも意地悪く考えれば、大屋は八株も持っていたから、資産目減りを心配していたのかもしれなかった。谷村にしても、持っているのはわずか二株とはいえ、実は気が気でなかったくらいである。

「このまま落ち着いてくれるといいんですがね」

株式市場は、谷村の願いを聞き入れてくれたかのように、大引けは二千三七円高と、今度は史上最大の上げ幅を記録してしまった。

この暴落、暴騰をきっかけに、円高、債券高、株高のトリプル高が始まったのだった。そしてニッポン郵信株の第二次放出は、予定通り二五五万円で完了し、中沢社長を筆頭に首脳陣は胸をなで下ろした。


「この記事、いったいどういうことだ」

魔の火曜日から半年が過ぎ、民間企業になってから三年目の、新しい年度に入った。そして四月も終わりに近づき、日比谷公園の桜が散りきろうとする頃、谷村は大屋に副社長室へ呼びつけられ、執務机の前に立ったまま詰問された。

机には経済週刊誌が置いてあった。

「わたしも驚いています」

「記事が出るまで知らなかったと言うのか」

大屋が眼を光らせて谷村を睨んだ。

「わたしはその社の取材に、立ち会いませんでしたから」

それは本当だった。

社長の中沢と、経済週刊誌の記者が会ったのは事実だったが、部下の報道担当高橋正己《たかはしまさみ》が、アポイントメントからインタビューの手順まで、すべてを処理していた。だから谷村は、この件についてはなにも関知していなかったし、中沢の発言内容も詳しい報告を受けてはいなかった。

記事が出て仰天し、なぜ幹部の肝心な発言を事前に報告しないのかと、高橋を叱責したばかりだった。

「それにしてもひどいよな。社長はこんなこと本気で言ったんだろうか」

大屋が怒るのは当然だった。

〈ニッポン郵信を完全な民間企業にするには、わたしの後の社長は、公社時代からの生え抜きではなく、その都度民間から、人材を招いた方が、いいのではないか〉

社長の後継人事について経済週刊誌の記者に質問された中沢は、こう答えていた。

大屋は副社長になって、次の社長を狙える絶好のポジションにつけていたというのに、技術屋でありながら、事務系に加担して、社長レースからいち早く脱落した南原のケースがあった直後に、中沢の一言でまた落下傘降下の連中に、弾き飛ばされてしまいそうで、怒り狂う気持ちはよく理解できた。

「民営化のときと同じで、社長独特の言い回しだと思いますが」

中沢は定例記者会見で、民営化について聞かれ、あたかも民営化反対のような返事をしたことがあった。

「しかしこれじゃ、社長に忠節を尽くしているわれわれ役職員を、馬鹿にした話だぞ」

谷村がなだめても、大屋の怒りは収まらなかった。南原が脱落したポスト中沢レースは、技術の村井か事務の大屋かのどちらかとみられていたから、中沢発言は社内だけでなく、マスコミにも波紋を呼びそうだなと、谷村は思った。

その予想が当たった。まず社内……というより四階の住人、つまり役員室が記事で騒然となったのだった。

「おい、あれなんだ」

神山が前置きなしでいきなり言った。谷村が神山の部屋へ入り、執務机の前に立って、呼ばれた用件を尋ねようとするよりも早くだった。

神山は前年六月に、五一歳の若さで取締役に抜擢されていた。

ただ谷村が聞くかぎり、神山の評判はよくなかった。

「あいつは本当に東大を出ているのか」

技術陣営から聞こえてくる神山評は、こんな話ばかりだった。東大工学部を卒業しているにしては、技術のことはあまりよく知らないと言うのである。

「おやじさんの温情だろ」

東大へ入学するには、当然学力がなければ無理だったし、実力がなければ落第させられ、入学しても卒業ができない。

だから神山にしても、実力で東大に入り、卒業してきたはずなのだが、東大教授の父親の力で、卒業証書をもらったのだと、揶揄されていた。

さらには柄が悪いとか、言葉遣いがなっていないとか、東大の教授を務めていた親の顔が、見てみたいなどと、散々な悪態をつかれていた。

いわゆる変人だった。

神山は常人ではないのだと谷村は思っていた。たとえば鞄を胸の前にぶら下げて、電車の車掌のような恰好で、出社してくるのである。さらに服装にも無頓着で、近寄ると変な臭いがすると、特に女子社員には毛嫌いされていた。

「あれと申しますと」

「あれに決まっているじゃねえかよォ。オメエわかっているんだろ」

「はっ?……」

相手は重役だったから、谷村は呆気にとられて神山の顔を見つめた。

あれとはなにか、きちんと指摘、説明してくれなければ、答えようがないのである。それにオメエとか、じゃねえかなどと、言葉が汚いとしか言いようがなかった。公社から民間企業になっても、紳士揃いのニッポン郵信社内で、これでよく役員に取り立てられたものだと、谷村は首をひねっていた。

「社長はどういう気持ちかってことを、聞いているんじゃねえかよ。オメエ知っているんだろ」

「週刊経済誌の記事のことでしょうか」

「だからそうだって、さっきから言っているだろう」

「わたしには社長のお考えはわかりません。ご本人にお聞きになってください。部屋はすぐ近くなんですから」

「オメエ、本当に知らねえのかよ」

神山はすこしの間だけ谷村を見下していたが、急に興味を失ったようにそっぽを向いた。しばらくそのままで谷村は待ったが、神山は顔を返そうとも、重ねて質問をしようともしないので、一礼して部屋を出た。

なんともはや……。

谷村は役員室フロアから、広報室へ向かいながら、思わず吐息をついた。あんな人間を役員に取り立てるのは、中沢の眼が曇っているからとしか言いようがなかった。

もっとも副社長になっていた大屋が、背後で神山を強く推した人事だと耳にしていたから、中沢も無下には推薦を、拒否できなかったのかもしれなかった。

さすがに南原は、中沢の真意を谷村に聞こうとはしなかったが、室谷副社長を筆頭に大半の役員と、大屋の一の子分の宮崎や、いつも正論を言ってはばからない小塚まで、どうなのかと谷村に確かめてくる始末だった。

不思議なことに、土木屋さんこと村井副社長一人が、なりを潜めていた。

マスコミからは、窓口にすぎない谷村に、社長人事を聞いてもわかるはずがないと、初めから見切りをつけられていたためか、ほとんど質問されなかった。その代わりに中沢社長は、何人もの記者に、自宅まで押しかけられたということだった。

中沢のことだから、よく勉強して出直してこいとでも、言ったものに違いなかったが……。

ゴールデンウイークが終わり、ニッポン郵信は民間企業になって三度目の、決算発表を迎えようとしていた。このころになると、やっと経済週刊誌記事の反響も薄れ、中沢の後継者を云々するのはまだ早過ぎると、役員たちのムードも落ち着いてきた。

それもそのはずで、民間企業になって中沢は社長二期目で、任期をまだ一年も残していた。後継社長人事が議論されるには、早かったのである。

「社長が食事を一緒にと言っています」

新栄重工から来た古田秘書から、谷村に電話がかかってきた。

谷村は中沢に時々呼ばれて、昼食を一緒にしていた。といっても、レストランへ出掛けて優雅に食事を……というのではなく、役員食堂から弁当を取り寄せて、並んで社長室で喰べるだけだった。

「最近はナスを作る時間もなくなった。以前なんか、一本の苗に一〇〇個もの実が成ったものだがな」

ソファで小卓を挟んで向かい合った中沢が、弁当に入っているナスの漬物を箸でつまみ、嬉しそうに眼を細めて咥えこんだ。

中沢は畑仕事が好きで、智代と結婚した当時から、家庭菜園を手がけていた。その自慢がナスの栽培で、普通は一本の苗から四、五〇個の実が取れればいい方だったから、一〇〇個というのは大変な努力の結果に違いなかった。だが谷村は、弁当にナスが入っている度に、中沢から同じ話を聞かされていたから、もう耳にタコができていた。

「週刊経済誌の記事の騒ぎは、やっと収まりました」

中沢は好物のナスが、弁当に入っていればそれを話題にするというだけで、格別菜園論議を長々とするつもりがないことは、わかっていたから、谷村はいつものように、一通り社内情勢を説明した。

「なに収まったって。どうかわからんぞ。もっと大きな騒ぎになるかもしれんな」

だが説明が終わると、中沢が独り言のように、ぼそりとつぶやいたのである。

「えっ？　なにが起きるんですか」

谷村は中沢のつぶやきを聞き咎めて、正面から見つめた。不恰好な口許、〝牛〟のような顔が、歯を見せてにやりと笑っていた。

「次の定例記者会見は明日だったな」

「午後三時に予定されております」

「重大発表をするから、そのつもりでいてもらいたい」

「は？……。つもりでいろと言われましても、重大発表の内容がわからないことには、特別な準備のしようがありません」

中沢が発表について、事前に重大だと予告することなど、かつてないことだったから、谷村は弁当を喰べるどころではなくなってしまった。

「硬くならんでもいい。喰べてから話そう」

中沢は弁当を持ち直すと、箸を使いはじめた。喰べだしたら、周りがなにを言っても無駄で、すべてを平らげるまで、余計なことは言おうとはしない。

谷村もあわてて箸を握り直した。中沢の喰べる速さにつき合うには、きちんと嚙んでいる余裕はない。いつも味噌汁やお茶で流し込むようなものだった。

「だから明日の午前一〇時から、臨時役員会を開くぞ」

食べ終わった中沢が、弁当箱をテーブルに置いて口を切った。谷村は食べている途中だったが、中沢に合わせて箸を置いた。

「議題はなんでしょうか」

「ぼくの後継人事に決まってるだろう」

「えっ?……」

不意をつかれた谷村は、息が詰まり言葉が出なかった。

「ぼくは会長に下って、後任は村井副社長の昇格だな」

中沢があっさり言い切った。

「それを明日の記者会見で、いきなり発表されるのですか」

「そうだ。なにか質問があるか」

「村井副社長にはもうこのことは?」

「伝えた。びっくりして震えていたぞ」

〝牛〟がまた歯を見せた。

生来小心な村井のことだったから、いきなりおまえが後継社長だと告げられれば、喜びより重責を担うことへの恐怖の方が、はるかに大きいかもしれなかった。そして喜びはあとからじわりとやってくる……。

そういえば以前、中沢が全身を震わせ、硬直していた姿を見たことがあるなと、谷村は数年前の秋の情景を思い出した。中沢ほどの大物でも、緊張するとあれほど激しく、震え出すことがあるのは驚きだった。

それはツクバ学園都市で開かれた、ツクバ科学博でのことだった。民間企業になって、二年目に入ったところで、ニッポン郵信は科学博に、通信を中心にしたバビリオンを出展した。

そこへ天皇陛下が入場され、社長の中沢に声をかけられたのだった。

谷村は離れた位置にいたから、なにを話していたのか聞こえなかったが、天皇陛下の前で頭を垂れていた中沢社長の体が、特にダルマのように短く、不格好な手が、ぶるぶると震えているのがわかった。明治生まれの中沢にとって、天皇陛下は神のような存在に違いなく、その御前に出て声を掛けられるのは、震えが起きるくらいの畏れ多いことだったのだろう。

それとは違うかもしれなかったが、村井も震えていたという話を聞いて、社長という椅子は想像以上に重いのだろうなと、谷村は思った。

「南原副社長はどうされるのですか?」

中沢にうとまれ、後継社長の指名から外れたというだけで、まだ失脚したわけではない。南原の出方次第では、ニッポン郵信は再び、激しい人事抗争に突入するかもしれなかった。

「顧問に退いてもらうことになった」

「それで副社長は納得されたのですか」

「するもしないもないさ。役員の人事権はおれが持っているんだ」

技術系幹部社員から、絶大な信頼を得ている南原でさえ、中沢には逆らえない。そこにある権力の絶対性を、谷村は改めて思い知った。

「反発もされなかったのですね」

「うん……。しかし顧問にと言ってやったときは、不満そうにしていたな。だが待遇は副社長と変わらないんだよ。うちの顧問の報酬は、副社長時の継続で、顧問室を作ってちゃんと秘書もつける。それに送迎の車も今までどおりだと伝えたら、結構喜んでいたからな」

「仕事はなにをされるんですか」

「仕事なんかしなくてもいいのさ。顧問だから、ときどきはアドバイスをしてもらうが、三点セットが残ったんだから、文句はあるまいよ」

「三点セット?……」

得々と話す中沢から、耳慣れない言葉が飛び出してきて、谷村は首をかしげた。

「専属の個室と秘書と車だよ。引退して、明日から行くところがないというのは、恐ろしいことなんだ。だから出勤する会社にちゃんと自分の部屋があって、秘書が身の回りの世話をしてくれて、車の送り迎えがつくというのは、退陣する人間にとって、最高の処遇だからなァ。おれも新栄重工を辞めたあと、ちょっと浪人生活を経験しているからよくわかる。南原もそれはわかったらしいな」

現役を引退して、会社にはもう自分のすることがないという恐怖は、かなりなプレッシャーに違いなかった。権力者であればあるほど、現役時代と引退後の落差が、大きいはずだったから、いつまでも権力にしがみついていようとするに違いない。だがまだ四三歳と、働き盛りの谷村には、自分のこととしては実感が湧いてこなかった。

「室谷副社長はどうされますか。」

「こっちは退任してもらうことになった」

「ではニッポン郵信では、もう室谷副社長の面倒は見ない……と」

「南原とでは格が違うからな。三点セットというわけにはいかん。それから大屋は副社長に留任だ。六月の株主総会後の役員会で正式に決めて、新体制が発足する。記者会見がスムーズに行くよう、事前準備を頼むぞ。この件は記者発表までは極秘だからな」

「大屋副社長にはお話になったのですか」

「まだだ。明日の臨時取締役会でびっくりするだろう」

社長室を出ると谷村はほっとして気が緩み、額から汗が吹き出してきた。

突然の社長交代とは、メガトン級の爆弾だった。

どのマスコミもまだ、気づいていないらしく、記者はまったくといっていいほど、動いていなかった。だが発表前にすこしでも匂いが漂ったら、鼻の利く記者連中は、あっという間に大騒ぎになりかねない。明日の臨時役員会まで、誰にも気取《けど》られてはならなかった。

それにしても中沢は、よく退任を決心したものだった。

まだ体は元気だったから、もう一期くらいは社長をやるのかと思っていたが、さすがに引き際をわきまえていた。特に半官的な要素が強く、天下りの権力亡者が多い職場で、なかなか出来ることではないと、谷村は敬服した。

「おい、どうした。ずいぶん深刻な顔をしているじゃないか」

エレベーターを出てきた大屋が、谷村を見て話しかけた。

「いえ、なんでもありません」

そんなに緊張した顔をしていたのだろうかと、谷村は警戒した。

中沢の後任が村井だというかんじんなことを、副社長の大屋はまだ知らない——

「社長に呼ばれたのか」

「例のごとく、昼食をって……」

「またナスの話か」

「どうしてわかるんですか」

「社長の一つ話だからな」

谷村の説明に、大屋がやれやれというように、自分の部屋に入っていった。

大屋は明日の臨時取締役会で、村井後継と聞いて、どういう反応を示すのだろうなと、想像してみた。社長という絶対権力者の決定には、抵抗のしようがなかったから、表面は穏やかに従うだろうが、腹の中は動揺から言葉を失って、煮え立つに違いなかった。

怒りの色彩が何色であっても、仮りに赤なら全身が真っ赤に、青なら髪の毛の一本一本までが、青く染まりきるくらいに、大屋守の感情は荒く波打っていた。煮えるような怒りなのである。

4

しみじみ怒りきっていた。アルコールが荒れた大屋の感情を、更に煽りつけている。しかし実際にはまだ水割りを、四、五杯しか飲んでいなかった。胃袋がアルコールを拒んでいた。

「ここ、入るぞ」

叫んで大屋は、勝手に一軒のバー・ビルの狭い階段を上りはじめた。

「だいじょうぶですか」

「なにがだめだって言うんだ」

「知っている店なんでしょうね」

大屋の体を下から支えるようにして、階段を昇る宮崎元雄の足許の方が、大屋以上にもつれていた。それでもどうにか五階まで上がり、〈人形〉と書いたオレンジ色の小さな看板の一軒に、つんのめるようにして大屋が入った。

宮崎もやっと五階に辿り着いて、大きく息を吸い込んだ。谷村はそのあとに続いていた。

「やれやれと。誰かいないか」

宮崎が店内に向かって言った。

「あら。副社長さんじゃないのよ」

カウンターの下にかがみこんで、片づけものをしていた、ちぢれきったパーマの五〇年輩の女が、顔を上げると驚いたように大屋を、副社長さんと呼んだ。

「ウン。そうだ。副社長さんだよ。わたしは万年副社長だ。お情けがあるならどうぞ一杯、飲ませてやってくだされ」

「酔っているのね。気をつけてよその椅子。酔っぱらいは背の高い椅子から落ちるって。あら。わたしが酔っぱらいになっちゃったみたいね。フラフラするわ」

「おいママ、どうしてこの店はこんなに満員なんだ。ラッシュ時の電車みたいだぞ」

それでも、カウンターの中から出てきた、小太りなママに支えられて、副社長さん……の大屋がやっと止まり木に座った。

「副社長さんの出席率が悪いから、うちのお店、空気満員になっちゃうのよ。わかってるでしょう」

「空気満員か。仕様がねえなァ。早く酒をくれ」

客は大屋と宮崎、それに谷村の三人しかいない店内は、オレンジ色の看板と同じ色彩の照明が、くどかった。

いた。

「お客さんたちも水割りでいいの？」

一杯つくるも二杯も三杯も、手間は同じだからと言わんばかりに、ママが宮崎と谷村に聞いた。

「あのね、ぼくは宮崎さん……なの。覚えておいてよ」

宮崎が上体を揺らしながら言った。カウンターの席に着いてみると、明らかに、紛れもなく酔っている大屋よりも、宮崎の方が体が揺れている感じだった。

「こら村井。キサマはエンジニヤか。このエセ技術屋め！」

突然であった。言うと同時に大屋がグラスをあおった。

三人が飲みはじめたのは八時くらいからだった。宮崎は大屋にペースを合わせるように酔って、二人とも体の芯をアルコールに漬けきってしまっていた。

そういう感じの飲み方……である。

今夜、大屋の酒が荒れまくるのには、もちろん理由があった。ニッポン郵信の臨時取締役会が、午前一〇時からあって、不愉快としか言いようのない、中沢社長の会長就任と、村井隆一副社長が社長に昇格という、破天荒な人事が決まってしまったのである。

表面上何事もなかったように、至極あっさりと決まってしまった。

その内容がなんで、どういうことかということを、ニッポン郵信の全社員がとうに知ってしまっていて、たしかに突然の発表ではあったが、誰も驚かない——。

そんな感じだった。

それだけに中沢社長の後継者は自分だと、確信しきっていた大屋にとって、面白い決定であるわけがなかった。

「そうだろう。技術系と事務系のタスキがけ人事を、わが社は踏襲してきたんじゃなかったのかね」

大屋は新しい水割りをつくらせ、一口つけると、宮崎に向かって怒ったように言った。その大屋の剣幕を、宮崎が丸い顔を強張らせて慰めた。

「タスキがけ人事なんでしょうよ」

「じゃ社長の中沢は事務系だったというのか。馬鹿言うんじゃない。れっきとした技術者じゃないか、工学博士だろう」

中沢さまさまと、口にしてはばからなかった大屋が、今度は一転して中沢と呼び捨てだった。中沢に自分が社長の椅子を禅譲されると、大屋は確信していたものに違いなかったから、期待を裏切られた怒りは、とどまるところを知らなかった。

「実際のところどうなんだ。君のことだから中沢社長、いや会長から、この人事の根拠を、聞いているんじゃないのか」

宮崎が隣の谷村に振って逃げようとした。

「ぼくは南原対策だと思います」

「なに！　どういうことだ？」

「南原派は中沢社長を、技術系とは考えていませんでした。中沢社長は落下傘降下でしたから、技術屋と事務屋の中間だと見なしていたんです」

「それが今度の社長人事と、どういう関係があるんだ」

宮崎が首をひねった。大屋は酒の酔いか、怒りのためかわからなかったが、真っ赤な顔で谷村を睨んでいた。

言わんとすることが、どうしてすぐに飲み込めないのかと、谷村は二人の反応の鈍さにいらだった。

「春川総裁は事務系で、天から舞い下りた中沢社長は、無色透明だとしたら、次の社長は技術系からということになりますよね。でもいまもし後継者を事務系から選んでいたら、どうなったと思いますか」

谷村が宮崎に問い返した
「事務系で別にいいじゃないか。だから大屋社長でよかったんだよ」

「そうしたら南原副社長は、すんなりとは顧問を受けなかったでしょうし、技術系がどう出ていたかわかりませんよ」

「じゃ土木屋さんを社長に据えたのは、南原派を抑えるためだったと言いたいのか」

大屋が不愉快そうに言った。

「村井社長を選んだ理由は、もう一つあると思います」

「……」

「伝聞ですが、村井さんは中沢会長から、後継社長人事を伝えられたとき、全身が震えっぱなしだったそうです」

「それがどうした？」

「大屋副社長だったら、震えましたか」

「いったいなにが言いたいんだ。禅問答なんかやってないで、はっきり言えよ」

大屋がいらだった声を出した。

「だって震えるほどの小心者相手なら、簡単に院政が敷けるじゃありませんか」

言って谷村は大屋に、顎をせり上げて見せた。

「う？……そうか。村井なら中沢会長の言いなりになるからな。だからといって無能なやつを、社長にする必要なんかないんだ。下請け泣かせで、ニッポン郵信の評判が落ちるばかりだぞ」

大屋も〝ビス事件〟を覚えている様子だった。

「それにタスキがけ人事なら、村井社長の次は事務系ですから、大屋副社長が後継社長の本命じゃありませんか」

宮崎も必死でゴマをすっていた。

「問題は村井が、何期やるつもりかだな。あいつはいま六三歳だから、中沢会長を真似て七七歳まで社長をやるとなったら、七期一四年になってしまうぞ。そのときおれはいくつになっているって言うんだ」

大屋が宮崎を睨みつけて言った。

「土木屋さんとは五つ違いだから、七二歳……でしょうか」

宮崎は口にしてから、しまったというように言葉を濁した。

「そんな年でだ、清新な新社長になれるわけがないだろう」

「心配いりません。土木屋さんはせいぜい三期六年ですよ」

宮崎が取り繕うように言った。

「六年たったらおれは六五歳だ。村井が社長になった年より上になって、もう若いとは言えなくなる。それにだ、一度社長の椅子に座ると、そうそうは簡単に手放せなくなるものだ。ケチな村井のことだから、死ぬまでしがみついているかもしれないじゃないか」

「たしかにそれじゃまずいですね。大屋社長を一日も早く実現する、ビッグアイデアはないものかね」

宮崎が谷村に聞いた。

ゴマをする言葉が、ことごとく大屋の機嫌を損ねていると察して、宮崎は巧妙に話を他人に振った。

「新体制になったばかりなのに、気が早過ぎますよ。それよりちょっと、心配なことがあるんです」

「社長人事より大切なことなんか、あるわけがないだろう」

話題を変えようとした谷村に、宮崎が喰ってかかった。大屋への忠誠心を、見せつけておこうという狙いに違いなかったが、谷村にしてみれば迷惑な話だった。

「ある事件が、わが社に飛び火しなければいいがと、心配しているんです」

谷村は控えめに言った。

「事件ってなんだ」

すかさず大屋が興味を示してきた。

「数日前の新聞に、川崎市の助役の事件が出ていましたね」

「記憶にないな。どんな記事だった」

「ナビゲート社の子会社、コスモフラワーの未公開株を、市の助役に譲渡したという小さな記事ですよ」

「そんなのあったっけ」

宮崎が首をかしげた。こんな大事なことに気づかないとは、注意力散漫な男だと、谷村は思った。

「川崎市の助役が、値上がり確実なコスモフラワーの未公開株を、ナビゲート社から受け取り、公開当日に高値で売却していたっていう内容です」

話を聞きながらも二人はまだ、その事件の意味について、気づいていなかった。

ナビゲート社の子会社で、不動産会社のコスモフラワーが、株式を店頭市場に公開したのは一昨年の一〇月のことだった。当時は新規公開株人気で、上場すれば大幅な値上がり益が見込まれていたが、一般投資家は、未公開株を手に入れたくてもその手段がなかった。

それなのに、店頭公開日直前の九月に、川崎市の助役に三万株もの、コスモフラワーの未公開株がこっそり譲渡されていたことが、大手新聞によって報道されたのだった。渡されたのが小口なら問題にならないが、三万株となると、異常としか言いようがなかった。裏になにかあると、誰でも勘繰りたくなってくる。

「だからそれがどうしたんだ」

大屋が怪訝そうに聞いた。

まだ気がついていない――

「ナビゲート社の例の園部社長ですよ。このところわが社へ、頻繁に出入りしているそうじゃないですか」

「ナビゲート社の園部って、そう言われると四階の廊下で、おれも何度か会っているな。たしか回線リセールで、企業通信システム事業部に、ずいぶん喰いこんでいるって聞いているが……」

「何事もなければいいんですが……」

「どういうことだ。はっきり言ってくれないか」

谷村の浮かない表情に気づいて、大屋がやっと体をのり出してきた。

「確実に値上がりする未公開株を、大量に受け取った人間が、わが社にもいるかもしれません。それが心配なんです」

谷村が表情を曇らせた。

「だが有力者に、未公開株を配るなんてことはだよ、花分けとかいって、証券会社では日常茶飯事じゃないか。そのどこがいけないんだ」

大屋が谷村から眼をそらさずに聞いた。

未公開株にかなり詳しいところをみると、小口に違いないが、大屋は何度か証券会社から、別な株かなにかを、分けてもらっていたのではないかと、谷村は気がついた。

「程度の問題ですよ。一千株とか二千株だったら、普通の株式売買と言えますが、川崎市の助役のように三万株ではね」

「じゃ何株ならいいんだ」

「副社長はまさか、もらっていないでしょうね」

「持ってきたら、ありがたく受け取ったかもしれないが、幸いなことに連中とは接触がないんだ」

大屋が本当に残念そうな顔になり、嘘ではなさそうだと谷村は安心した。

「ナビゲート社は、ほかにもあっちこちに配っているでしょうから、このケースは、大きな問題に発展するかもしれませんよ」

「まずいことになるのか？」

大屋が眉を上げて聞いた。

「相手が政治家や役人だと、もろに贈収賄に問われるかもしれません」

「だけど金を払って買っていれば、問題にはならんだろ」

「たとえそうでも、値上がり確実な株を情実で入手し、大量に売買して、多額の利益が出たら、それは利益供与になるんです」

「うちは民間企業になったんだから、贈収賄罪には問われないはずだ」

黙って聞いていた宮崎が口を挟んだ。

「うちの社員はみなし公務員です。もし便宜供与の見返りに、公務員が未公開株を譲り受けていたとしたら、まずいでしょうね」

「ナビゲート社に、うちはなにか便宜供与をしているのか」

今度は大屋が真顔で聞いた。大屋にしろ宮崎にしろ、何十年も公社というぬるま湯の中で生きてきていたから、民間企業になっても、まだ脇の甘さが鱗のようにはりついていた。

「光ファイバーの回線を貸していますし、スーパーコンピューターの管理運営を引き受けています。もしうちが手を引いたら、ナビゲート社は回線リセールもコンピューターの時間貸しも、できなくなるでしょう」

「ということは、もし株をもらっている奴がいたとしたら、それは技術系ということだな。退任した南原や室谷、それに忌ま忌ましい村井は大丈夫だろうか」

さすがに大屋も心配そうな顔になった。

「村井社長が受け取っていたとしたら、大変な騒ぎになります」

「辞めなければならなくなるんだろうな」

「それだけで済めばいいんですが、犯罪性を問われる心配があります」

「中沢会長はどうなんだろう」

大屋が谷村の顔を探るように見た。人を信じない目だった。

「会長は株を毛嫌いされていますから、恐らく受け取っていないでしょう」

「なんで嫌いなんだ」

「九州で学校の先生をしていた父親が、投機に手を出して、先祖代々の財産を失ったのだそうです。それで会長は学生時代から、貧乏生活を余儀なくされたらしく、バクチはやらないと言っています」

「それならもらっていないだろうな」

大屋はあっさり納得した。

だが谷村は、中沢が若い園部を気に入っていて、便宜をはかり、全面支援していることが気掛かりだった。未公開株の問題が大きな事件に発展すれば、ナビゲート社に便宜をはかっているニッポン郵信が、厳しい批判を浴びかねなかった。

もう一つ心配があった。智代夫人の株好きである。夫の中沢が知らないところで、智代が中沢の妻だということで、コスモフラワー社の未公開株を、受け取っていないかどうかだった。だがそれを、会長夫人の本人に直接確かめるわけにはいかない。

中沢自身に聞いて確かめることもできない。そっとしておかなければならないところに、不安が増幅した。

「もし技術系で、そういうのをもらっているとしたら、誰だろうね」

宮崎が好奇心むき出しで聞いた。事件がニッポン郵信に飛び火しないことを、職員局次長としては真剣に祈らなければならないところである。しかし宮崎にその配慮はなさそうだった。

「直接ナビゲート社とかかわっているのは、企業通信システム事業本部と、データ通信事業本部でしょうね」

「おいおい。じゃ小塚のとこじゃないか。彼は大丈夫かな」

小塚は次の株主総会で待望の取締役に選任され、経営企画本部長に就任する予定になっていたが、これまで企業通信事業部の副本部長だっただけに、ナビゲート社から、最も狙われやすい立場にあった。

「小塚さんは大丈夫ですよ。ナビゲート社の園部社長を、嫌っていましたから」

「相変わらず人の好き嫌いが激しい奴だな。小塚は東大法学部卒業を鼻にかけて、本当は嫌な男なんだよ」

東北大卒の大屋がしかめ面で言った。

確かにそのとおりで、小塚は東大でも法学部以外、さらには他大学の卒業者を馬鹿にする、傍若無人《ぼうじゃくぶじん》さがあった。すこしは控えればいいのにと谷村は常々思っていたが、そんなことを言おうものなら、口角泡《こうかくあわ》を飛ばして反論されるだけだった。

「そろそろ次へどうですか」

宮崎が面倒な話はもうたくさんとばかり、河岸《かし》の変更を提案した。

川崎市の助役に、コスモフラワーの未公開株が譲渡された問題は、あっという間に思わぬ方向へ飛び火し、拡大していった。前首相や現在の首相と蔵相、元官房長官と何人もの元大臣、与党幹部、さらには野党の有力者にまで、コスモフラワーの未公開株が渡っていたのである。

そして最大の問題点は、ナビゲート社子会社のフラワーファイナンスが、なんとその未公開株の購入代金をそっくり融資し、店頭公開当日に株を売却。利益だけを先方の有力者に、じかに渡していたことだった。

これだと本人はなにもしなくても、売却利益だけが、銀行の口座に振り込まれてくるのである。これは形を変えた政治献金であり、賄賂にほかならなかった。

「ニュース見たか」

九月に入ったのに、まだ真夏のような暑さに、世間はうだっていた。副社長室に呼ばれた谷村は、開口一番大屋に聞かれた。

残暑への大衆の苛立ちを、一気に怒りに変えるテレビニュースが、突然、それもセンセーショナルに放映されたのである。野党の爆弾議員と呼ばれる代議士に、コスモフラワーの社長室長が、贈賄を申し入れ、なんとその場面が、ビデオに隠し撮りされていて、生々しい映像として公表されたのだった。

「すごい場面でしたね」

「未公開株譲渡の狙いは、どうやら就職協定の維持らしいな。これならうちは、事件に巻き込まれなくて済みそうだぞ」

ナビゲート社のドル箱は、就職情報誌で、就職協定の存在が大きく支援していた。だがもし協定が廃棄されて、就職活動が自由化されれば、情報誌の存在基盤が揺らぐ恐れがあった。だから就職協定の存続を求めて、ナビゲート社が多方面に働きかけ、協力を得る見返りに、コスモフラワーの未公開株を配付した……という流れだろうと、大屋は自分流のヨミを聞かせた。

「聞くところによると、ナビゲート社の園部社長は、この際人脈を広げようとして、ありとあらゆる有力者に、コスモフラワー株を配ったそうですから、安心はできません」

「おれには声もかからなかったが、喜ぶべきか悲しむべきか、わからんな」

大屋は複雑な表情だった。少なくともニッポン郵信の副社長だったから、大屋は有力な企業人……に違いなかった。だがナビゲート社から接触がなかったということは、客観的には有力者と、見なされてはいないからに、ほかならなかった。

大屋にとってみれば、おかげでスキャンダルに巻き込まれなかったのは幸いだったが、小物扱いされたのは、不愉快というところである。

「東都経済新聞の田上《たがみ》という社長が、二万株を受け取っていたというので辞任しましたね。園部社長は、政治家やマスコミなどを中心に、株を配って回ったんじゃないでしょうか」

「連中はおれたちに較べれば、ずっと影響力があるからな。就職協定絡みだとすると、労働省や文部省に飛ぶかもしれんな。ところで会長の機嫌が最近よくないんだが、なにか心当たりがあるのか」

「会長が不機嫌って、どうしてわかるんですか」

谷村は大屋の表情をうかがった。

「足音でわかるんだ」

「え、足音ですか」

「機嫌がいいときの足音は軽いんだよ。不機嫌になると、とたんに重い音になる。まるで床を敵だと思って、力一杯踏みつけているような感じなんだ」

「いつごろからですか」

すこし谷村は気になってきた。このところ、新聞やテレビのニュースに追いまくられていて、かんじんな中沢にまで、配慮が行き届いていなかった。しかし大屋が指摘するほどだったから、中沢の足音が変わったのは、事実に違いない。

それほどまでに中沢が不機嫌になる理由は、株のからみがないとしたら側近の谷村にもわからなかった。

「さあ……。会長になってからずっと、足音が重かったからな。社長の椅子にまだ未練があるのかな」

「それはないでしょう」

「探ってみてくれないか。うかつな発言をして、いまさら実力会長の逆鱗《げきりん》に触れたくないからな」

中沢は会長に退いたとはいえ、自発的な辞任だったから、社内にはまだがっちりと実権が張られていて、大屋にしても怖い相手に違いなかった。

社長時代の中沢は、執務机に足をのせてふんぞり返っていたが、この頃は机に両肘をついて、考えこんでいる姿を見かけることが多くなっていた。

しかしすでに喜寿だったから、さすがに体力が衰えてきたのかなぐらいにしか、谷村は思わなかった。

コスモフラワーの未公開株事件は、大屋が予想したように、労働省元事務次官への譲渡が発覚し、いよいよ政官界を巻き込んでの、一大疑獄事件に発展する様相を呈してきた。さらにはナビゲート社の社長室長が、贈賄容疑で東京地検に逮捕されるに及んで、司法当局の捜査のメスは、一気に核心に切り込んでいった。

秋が深まり、朝晩は寒いくらいになった一一月一日火曜日の午前五時三〇分。谷村は電話のベルの音で眼が覚めた。深夜と早朝の電話はろくことがない……とは、報道担当をしていたころから実感していた。谷村は嫌な予感がして、寝室からリビングの電話に走った。

「大屋だ。新聞を読んだか」

「まだですが、なにか？」

大屋の狼狽した声に、谷村は受話器を強く耳に押し当てた。

「すぐに眼を通せ。一面トップに、とんでもない記事が載っているぞ」

「まさかナビゲート社事件が、うちに飛び火したんじゃ……」

「飛び火なんてものじゃない。火の車だ。おれはすぐに会社へ出る。君も急いだ方がいいぞ」

大屋はよほどあわてているのか、新聞記事の内容に一言も触れずに電話を切った。

谷村はパジャマのまま、八階の自室を出て、一階までエレベーターで下りた。郵便受けを開いて新聞の束を取り出す。一面を開いた。

トップの大きな見出しが、大袈裟に躍っていた。谷村の新聞を持った手が震え、思わず落としそうになった。

第四章　君子豹変

1

大屋副社長の電話で、あわただしく着替えた谷村は、郵便受けから抜いた新聞を握りしめ、マンションを飛び出した。常磐《じょうばん》線新松戸駅から日比谷駅まで、電車に乗っている時間は四〇分だったが、普段と違って、何時間もかかっているような気がした。

座席に座り、改めて新聞に眼を通す。遂に書かれてしまった……。

〈コスモフラワーの未公開株

ニッポン郵信中沢雅人会長に一万株〉

なんともまがまがしい見出しだった。

中沢は株嫌いだから、未公開株の不正譲渡などあり得ないことと、谷村は新聞を広げている瞬間も声を上げて否定したかったが、有力大新聞が一面のトップ記事で、ここまで書くにはそれなりの、きちんとした裏を取ってのことに、違いなかった。

谷村は記事を食い入るように見つめ、小さな活字を読み返した。

記事によれば、中沢会長がナビゲート社から、コスモフラワーの未公開株、一万株を受け取ったのは九月三〇日。譲渡価格は一株三千円で、一か月後の、コスモフラワー株が、正式に店頭公開された当日に、五千一八〇円で売却し、二千一八〇万円の売却益を得た……というものだった。

さらに東京総支社長と、データ通信事業本部長を務めた、元取締役の野村義彦にも一万株。企業通信システム事業本部長で、取締役の別所栄には五千株が譲渡されたと、断定していた。

その上記事は、中沢に取材した一問一答も載せていた。

「そんな話は聞いたことがない。株はどこからももらってなんかいないよ」

インタビューで中沢は、未公開株の受け取りを、正面から否定していた。

だがこの種、政財界スキャンダル情報のネタ元は、東京地検特捜部に違いなかった。特捜部はナビゲート社の社長室長を逮捕し、各所へ一斉に家宅捜索を入れ、ありとあらゆる関係書類を押収していた。

ナビゲート社が、コスモフラワーの未公開株を、誰と誰に配付したかという名簿も、当然だがその際、押収しているに違いなかった。

そこから中沢の名前が出てきたのだとしたら、否定のしようがない——

会社や中沢の自宅に、マスコミが殺到するのは避けられないし、中沢の答えようによっては、ニッポン郵信は修羅場になる。どうさばけばいいのか……。広報室の実質的な責任者として、谷村はマスコミへの応対の仕方を考えたが、いい智恵が浮かぶはずもなかった。

出社してまずやらなければならないことは、事実関係を正確に把握することである。中沢が出社したら一番にキャッチして、事実を確認しなければならなかった。

野村と別所もそれぞれ株をもらっていると、新聞は報道している。その確認はどうしたらいいのか。野村はナビゲート社の、関連会社に再就職していたから、谷村の問い合わせに答えてくれるかどうか……。問題は現取締役で、回線リセールを直接担当している別所栄だった。

別所が株を受けているとしたら、それは回線リセールでの便宜供与の報酬と見なされ、収賄罪に問われるのは確実だった。

そして野村は、ニッポン郵信がスーパーコンピューターを、アメリカの会社から購入し、それをナビゲート社に転売した責任者だった。野村にも職務権限があったから、これまた収賄罪になる。

考えているうちに地下鉄は日比谷駅に滑り込み、谷村はドアが開くと同時に走り出した。階段を飛ぶように駆け上がり、路上に出た谷村は、横断歩道の信号が黄色になっていたが、無視して道路を走った。すぐ赤信号に変わり、谷村の無謀な横断を怒った車が、激しくクラクションを鳴らした。

本社三階の広報室に飛び込んだのは、午前六時五〇分、もちろんまだ誰も出勤していなかった。広報室に備えられている、会長の在席を示すランプは、当然ながら点灯していない。新聞の見出しを見てすぐ、谷村は自宅から中沢に連絡をしたが、そのときは中沢も智代夫人も出なかった。記事を見たのかそれともまだなのか、会社へ向かっているのかどうかさえも、判別できない。

さらに別所の自宅にもかけたが、こちらも誰も出なかった。

「緊急事態です。すぐ出社をお願いします」

広報室長の土岡《つちおか》浩《ひろし》に連絡し、報道担当の高橋にも緊急の呼び出しをかけたが、自宅は土岡が横浜、高橋が町田《まちだ》だから、到着には二人ともまだ時間がかかりそうだった。

谷村のデスクの電話が鳴った。

「谷村さん？　新聞の記事についてだけど、中沢会長のコメントを早急に出してほしい。それと記者会見もすぐにやってもらいたい」

郵信記者クラブ一一月幹事社の記者からだった。

「会長が出社次第、準備いたします」

「中沢さんの自宅に電話したけど、誰も出ないんだよ。雲隠れしたんじゃないだろうね。それとも特捜部に取られちゃったのか……」

「いきなりそれはありえません」

否定する声がつい大きくなった。

「各社から問い合わせが殺到するよ。早く準備した方がいい」

「ネタ元はどこだと思いますか」

新聞社の関係者はもちろんだろうが、いまは誰よりも谷村自身が、多くのことを知りたかった。

「そんなこと、特捜部に決まっているよ。ナビゲート社の社長室長を逮捕して、ガサ入れもした。当然だが配付先の名簿も、入手しているはずだからね」

「中沢会長が受け取ったのは、間違いないということですか」

記者に聞くのは逆でおかしなことだが、言訳としてはマスコミの受け止め方も、広く聞いておきたかった……と。もっとも記者は普段から懇意にしている相手ばかりだったから、変な勘繰りはしないという自信があった。

「真っ黒だね。特捜部は証拠を握っているから、言い逃れはできないよ」

「証拠ってなんですか」

聞き返した谷村の声が、かすれていた。

「株を譲渡された連中が、購入代金をフラワーファイナンスから、融資されているのは知っているよね。融資を受けるに当たって、一札入れているんだよ」

「まさかそんな……」

「融資の担保に、割り当てられたコスモフラワーの未公開株を入れますという、ご当人が署名捺印した念書だよ」

「中沢会長がそんな念書を、フラワーファイナンスに入れているんですか」

受話器を握る手に、無意識な力が入っていた。緩めようとしても汗でくっついていて、指が動かなかった。

「そういうこと。きちんと対応しないと、ニッポン郵信は世間から袋叩きに遭うよ」

話している間に、広報室の電話が軒並み鳴りはじめた。

いちいち電話に、対応している余裕などなかった。谷村は鳴っている電話を無視し、秘書室にいるからと、高橋に書き置きをして四階へ上がった。秘書課員もまだ誰も出勤していなかった。

果たして――

中沢は日比谷の本社へ向かっているのだろうか。記者の雲隠れ……という言葉を思い出し、谷村は不安になった。再度中沢の自宅に電話をしたが、話し中だった。各社の問い合わせ電話が殺到していて、つながらないのだなと思った。

「電話が鳴りっぱなしです」

報道担当の高橋が、色黒な顔を強張らせて、広報室へ飛び込んできた。

「室長は?」

「まだです。会長には連絡ができたのでしょうか」

「つかないんだよ」

「問い合わせの電話はどうしましょう」

「もっか事実関係を、確認中だからと答えるしかないなア。おれはここで会長が現れるのを待つよ」

高橋と話している間に、色白な骨張った顔の大屋が、あたふたという言葉通りに、小走りに出社してきた。

「どうなっている?」

大屋が谷村の顔を見るなり聞いた。

「会長が行方不明です」

「電話はしたのか?」

「ずっとつながりません」

「おれの部屋で待とう」

高橋を広報室へ戻し、谷村は大屋と副社長室に入った。

「記事、どう思う。大新聞の連中に、会長が狙われていた兆候は、なにも感じられなかったのか」

「記者クラブの記者からは、このことについてまったく接触がありませんでした。もっともこういうケースは、担当は社会部の記者でしょうから、彼らも詳しく知らされていなかったのかもしれません」

「あそこまで書いているんだから、事実なんだろうな」

「それは間違いないと思います」

「これからどうする？」

大屋がおでこに深い皺を刻み、唇をへの字にきつく結んだ。

副社長として、管理本部を管掌している大屋は、これから予想されるマスコミの激しい取材攻勢に、正面から対応しなければならない立場にあった。普段は豪快で、ウルトラ的な決断の早い人物だったが、さすがに落ち着きがなく、眼の光が揺れていた。

「なにはともあれ、まず会長に事実の確認をして、事実なら緊急の記者会見をしなければなりません」

「株をもらっていたら、会長もこれまでだな」

「残念ですが……」

話しているところへ、秘書の古田が蒼白な顔で現れた。

「ああ副社長。谷村さんも……。でもこの件についてですが、会長はなにもご存じありません。どういうことなのか会長は知らないんです。すべてわたしが勝手にやったことですので」

いきなりだった。古田が大屋と谷村に向かって、二度三度と最敬礼をし、かすれた甲高い声で詫びを並べた。

「もういいよ。特捜部は株の譲渡先が、中沢会長本人だという、確実な証拠を握っているんだから、会長を変にかばってみても無駄なんだ」

「証拠はあるんですか」

顔を上げた古田が、むっとして聞き返した。

「フラワーファイナンスに、会長自筆の念書が入っているそうだ」

谷村が逆に古田を宥《なだ》めるように言う。

「じゃ、わたしが会長にお願いして、書いてもらったアレですね。でもそのときはナビゲート社の件とだけしか、会長にはお話ししてないんですよ。ですから会長は念書の内容をお読みになっていません」

「なにを言ってるの。それが事実でも、会長が署名した念書であることには、変わりないじゃないか。重大な証拠ですよ」

「はあ。そうです。しかしすべてわたしの責任でやったことです」

上役をかばう大時代がかった言訳である。

「それをいま、われわれに言ってみてもはじまらないなァ。会長名義で購入したことは、事実なんでしょう」

谷村は苛立って念を押した。

「すべてわたしが……」

古田は最後まで言葉が続けられず、肩を落としてうなだれ、大屋の副社長室を出ていった。

「お出ましだよ」

ほとんど入れ違いぐらいの間隔で、谷村を見上げた大屋が、耳に手をかざした。

「会長……ですか」

「床を踏みつけるような音がするだろう。相当にご機嫌斜めだな」

「当然でしょうね。わたしは会長に確かめます。副社長も同席されますか」

谷村が立ち上がって聞いた。

「いや。会長は君にまかせる。わたしは村井社長と対応策を相談するよ」

「譲渡されたのは三人だそうですから。その辺をはっきりさせておかないと、会社ぐるみだと批判されかねません」

「野村と別所の二人からも事情を聞かなけりゃならん。きちんとした調査委員会もつくらなければな」

どすどすと床を踏みつける音が、会長室へ入っていった。谷村は大屋の部屋を出て、ノックもしないで会長室へ入った。

「株の件ならおれは知らんぞ。古田にすべてまかせてあるんだから」

執務机に向かった中沢が、不機嫌そうに吐き捨てた。

「そうですか。しかし特捜部は、かなりな証拠を握っているはずです」

「古田がやったことでも、みんなおれの責任になるのか」

「いえ。しかし秘書が秘書がで、逃げられる時代ではもうありませんから」

「きついことを言うな。じゃなにもやっていない者は、どうすればいいんだ」

「記者会見で、株をもらったことを素直に認めてください」

「そうしたら、おれはどうなる」

普段は傲慢な中沢の眼が、一瞬で谷村にすがりつくような、老人のものになっていた。内面の恐怖に怯える中沢を、谷村は初めて見た。だが同情をしてはいられなかった。

「責任を問われるのは避けられませんが、正直に説明するのが、会長の責務ではないでしょうか」

「水上のじいさんにも、同じことを言われたよ」

「相談されたのですか」

「自宅へ寄ってきた。名義がおれのものなら、事実を認めるのが経営者だろうってな」

「会長は古田秘書の行為を、初めからご存じだったんじゃありませんか」

「知らん！　本当に知らない。だが水上のじいさん、天地神明に誓って関係がないのなら、徹底的に戦えとも言っていた。あのじいさんは、造船疑獄で逮捕されたが、唯一最後まで無実を主張して、結局勝ったという実績があるからなァ」

水上のエピソードを、中沢がいまどうして持ち出したのか、谷村には理解できない。果して中沢は地検の検事に、未公開株の譲渡を受けたと、認めるつもりなのか、それとも水上のように無実を主張して、最後まで戦おうとしているのか、戸惑う表情から察すると、まだ決断がつかず迷っている様子だった。

「正直にお答えください。会長はコスモフラワーの株をもらったのですか」

「だからそれは古田が……」

「でも古田さんに、念書の了解を与えたのでしょう」

谷村は腹に力をこめて、睨むように中沢を凝視した。本人が秘書の行為を了解していたかしていなかったかでは、マスコミへの対応に、大きな違いが出てくる。中沢が怒ろうが怒鳴ろうが、ここは正念場だったから、一歩も引き下がれないのだと、谷村は決心した。

「それが……本当にわからないんだ」

「ですが会長は、署名捺印された念書を、フラワーファイナンスに差し入れておられるはずですよ」

「そんなものを書いた記憶はないんだが、たくさんの書類と一緒に、あるいは紛らわしいものにサインをしたかもしれないなァ……」

その歯切れの悪い言葉を聞いた瞬間、中沢は株をもらった……と谷村は直観した。

「念書を書いていれば、もらったという決定的な証拠になります。大事にならないうちに、正直に認めるべきだと思います」

「じゃこれから、いったいなにが起きるって言うのかね？」

中沢が不意に気弱な視線で、谷村を見上げた。以前にあった、全身から滲み出る独特な威圧感は、きれいさっぱり消え失せ、中沢は事件の発覚に驚き怯える、無力な一人の老人に、谷村には映った。

谷村は中沢に哀れさを覚えた。古田に責任をかぶせて、中沢本人は逃げたいのだろうが、それはもはや許される状況ではなかった。首相経験者や現役大臣、さらには大物政治家や高名な財界人まで巻き込んだ、コスモフラワーの未公開株譲渡事件は、はっきりと一大疑獄事件と、確信された様相である。

「否定し続けたら、地検特捜部は一連の事件を解明するために、強制捜査に乗り出す可能性が高くなります」

「認めたら……」

「言いづらいことですが、当然会長もお辞めにならなければならないでしょう。ですがその場合、真実の供述をしていれば、社会的な責任を取ったということで、情状酌量されて強制捜査は、まぬがれるかもしれません」

「しかしどうやっても、逃れる術はないんだろうな」

「ありません。緊急記者会見を開いて、潔くお認めになるべきだと思います」

谷村は細い眼に、渾身の力をこめて中沢を見つめた。見返してきた中沢の眼の光が、一瞬青く澄んだような気がして、どうやら腹を決めたなと谷村は受け取った。

「わかった。君の言うように認めて、潔く辞任しよう。記者会見の設定をしてくれ」

「会長がお認めになるということを前提に、幹事社の記者と、会見の進行について相談します。それでよろしいですね」

「そうか……。迷惑をかけるな」

弱々しく言った中沢の体が、牛から蛙へ幾回りも小さくなったように見えた。

中沢はこんなに弱い人物だったのかと、谷村はすこし驚いた。中沢は絶対権力者として、合理化の推進という独特な中沢イズムで、ニッポン郵信に君臨してきた偉大なカリスマである。その中沢が、体を小さくこごめ、小刻みに足を震わせていた。

谷村はツクバ科学博での、中沢が天皇陛下の前で、震えていた姿を思い出した。あのときは天皇という権威に、中沢は明治生まれの人間らしく、恐れ畏まったためと、好意的に受け取ったが、それは間違いだったのではないか。

中沢は自分より強い者、たとえば師匠と言われる水上康彦、さらには言論という、強大な権力を持つマスコミを、恐れ怯えていたのではないのか。だからマスコミの、たとえば記者がインタビューに来ると、勉強をして出直せなどと、虚勢を張っていたのだと思った。

その裏返しで、部下には自分を大きく見せようと、怒鳴り散らしたのかもしれない。だとしたら、張り子の虎だったことになる。

黙礼して会長室を出た谷村は、広報室の自席から懇意な新聞記者の石橋《いしばし》に電話をして、相談があるので、密かに会いたいと申し入れた。記者クラブへ顔を出せば、記者連中に揉みくちゃにされ、まともな相談などできなかったから、谷村は帝国ホテルの一階喫茶ラウンジを指定した。

「まだコメントが出ないのかって、クラブの連中が怒りはじめているよ」

テーブル席で向かい合った石橋が、開口一番に言った。

「その件ですが、会長が緊急記者会見を承知しました」

「単純な否定会見じゃないだろうね。お座なりなものじゃクラブはもう収まらないよ」

「譲渡を受けたと、認めることになりました。それで相談があるんです」

「本当に中沢さんが了解したの?」

石橋が探るように谷村に聞いた。

「いましがたです……」

「責任の取り方はどうするの」

「それははっきり言いませんでしたが、会長を辞めるんじゃないでしょうか」

「潔く身を引くってわけか。大企業のトップはそうであるべきだよね。大日本空輸の佐山《さやま》会長は、航空機疑惑で、芙蓉銀行の岩谷《いわたに》頭取は不正融資事件で、潔くすべての責任を、みずからの一身に背負って身を引いた。中沢会長もいかにも大物だと思われるような、責任の取り方をすべきなんだ」

不祥事の責任の取り方は、どう身を引くかで評価が変わる。権力の椅子にしがみつけば徹底して叩かれるし、責任を取ってあっさり辞任すれば、やがては判官びいきで、後世の人には評価される。中沢にはそうであってほしかった。

「記者会見の幹事質問は、石橋さんがしてくれますよね」

「ことがことだから、最初に幹事社として、代表質問をすることになるだろうね」

「ずばりと聞いてほしいんです。コスモフラワー株をもらいましたねと」

「中沢会長は正面から答えるんだろうね」

「もらいましたと表明します。秘書の古田が手続きをしていますから、会長は売買の経緯は知らないと思いますので、あまり細かいことは勘弁してやってほしいんです」

「もらったのは紛れもない事実だが、秘書にまかせていたから、詳しい経緯は知らないと、はっきり答えれば、それ以上の追及は考えるよ。もっとも秘書から事情を聴いて、どういうことなのか、ある程度は話してくれなくては困るがね」

石橋の眼が鋭く光った。記者特有の目つきで、谷村は報道担当になってからずっと、この視線にはいまだに慣れることができなかった。

「会見では、大雑把な内容しか話せないと思います。会社として調査委員会を設置し、古田秘書や別所取締役から事情を聴くことになりますから、詳細はそれからでしょう」

「譲渡を認めて謝罪したあと、引責辞任を表明するのが賢明だね」

「そう伝えます。で、緊急会見は何時からにしますか」

「朝刊であまり書かれていないから、夕刊にはたっぷり時間をやらないと、クラブ員が黙っていないよ」

「そうですね……じゃ午前一一時からでどうですか」

「それなら夕刊の締め切りまでに十分な時間がある。クラブへ帰って、中沢会長の緊急会見を発表するけど、土壇場になってすっぽかさないでくれよ」

「こちらこそお願いします」

石橋に深く頭を下げた谷村は、これで中沢の、経済人としての生命は終わったと思うと、すこし悲しくなった。

2

会長室のソファで、社長の村井と副社長の大屋、それに顧問弁護士の北野《きたの》一也《かずや》が、中沢に事実関係を問いただしたところ、とんでもない回答が飛び出してきた。

「緊急記者会見で認めよう。それでいいだろう」

中沢の言葉に、本気なのか！　と大屋が大声で聞き返した。

「じゃ会長はやっぱりもらったんですね」

大屋が中沢に念を押した。

「古田がやったそうだ。どういう経緯で譲渡されたのか、古田は答えようとしないから、詳しいことはわからんが、ともかく古田がもらったのは事実らしいから、もらったと言うしかないだろう」

なにか他人ごとといった中沢の口調――

「しかしですよ、回線リセールと、スーパーコンピューターの転売や管理があるから、認めてしまうとまずいことになりますね」

社長の村井が面長な顔をしかめた。

「どうしてだ?」

聞いた中沢に、弁護士の北野が軽く手を上げた。北野は油をつけた頭髪に、いつもきちんとクシを入れていた。

「会長が本当にもらったとなったら、収賄罪になります」

「収賄ってワイロの意味だろう。しかしそんな馬鹿な」

「ニッポン郵信の社員は、法律上はみなし公務員。つまり準公務員ということになっています。職務権限のある公務員が、金銭を受け取ったら、それはワイロなんです」

簡潔でわかりやすい、北野の説明を聞いた中沢の顔が、見る間に青ざめていった。

「だが……金じゃないぞ」

「買い付け代金の融資を受けて、公開後に売却益だけ受け取っているんですから、現金の受け渡しと同じことです」

弁護士の無慈悲な宣告に、中沢の牛のような体が小刻みに揺れた。

中沢のみじめな、そんな姿を見るのは初めての大屋は、中沢はこんな小心者だったのかと、呆れる思いだった。それに中沢としては売りものの決断力も、以前に較べれば随分と落ちていた。

中沢が、コスモフラワーの未公開株を受け取ったとき、そのときワイロだという認識が本当になかったとしたら、経営者としては、不明の誹《そし》りを浴びせられることになる。ニッポン郵信の社長から会長へと、常にトップに君臨してきたにしては、あまりにも無知過ぎた。

そして中沢の最大の判断ミスは、社長の椅子を大屋にではなく、小太りだというだけで、肝っ玉の小さい村井に譲ったこと。院政を敷こうした意図はわかるが、村井のような小物を後継者に据えた過ちを、大屋は許せなかった。

「ですから会長が知らないところで、古田秘書がもらっていたんじゃないんですか」

常識的に言って、中沢が知らなかったということは、まずあり得なかったが、大屋としては、ニッポン郵信の最高権力者が未公開株を譲り受けたと、あっさり認めさせてはならないのだった。

というのは会長の中沢を筆頭に、現役役員の別所と前役員の野村の二人が、そろって未公開株をもらっていたとなったら、ニッポン郵信のすべての経営陣、村井や大屋までもが、同じ眼で見られてしまう。それでは公社時代の不正経理事件当時と、同じ腐敗した経営体質だと評価され、人心を一新するため、再び外部から新たな経営者を投入しようという動きに、つながりかねなかった。

そうなったら社長の村井はもちろんのこと、副社長の大屋もとばっちりを受けて、はじき飛ばされてしまうのは明らかだった。

ここは秘書の古田に全責任をかぶせ、あくまでも中沢は知らなかったこと……で、押し通すべきではないのか。もし中沢が株を受け取っていたということになっても、会社ぐるみの犯罪ではなく、中沢個人の責任……にとどめる策を、練るべきだと大屋は思った。

元総理や現役大臣などの名前が、次々と発覚していたが、みんな〝秘書が秘書が〟という、きまり文句で済まそうとしていた。

古田は中沢が新栄重工から連れてきた、手なれた人物で、いままでニッポン郵信の業務とは関係のない、半ば私設秘書的な存在だった。現に定年を過ぎて社員ではなくなり、嘱託の形で中沢の身辺を見ていた。その古田に、すべての責任を押しつけてしまうのが、当面はベストな策？……だと思われた。

もし決定的な証拠があって、中沢本人が受け取っていたとなっても、それはそれで対応のしようがある。

ここは中沢に、知らぬ存ぜぬで通させるのが、村井や大屋にとってニッポン郵信を守るために考えられる最上の方策だった。

「なにしろ……よく覚えていないんだ」

中沢がしきりに首をひねった。本当なのか、それとも株の受け取りを認めるのが嫌で、とぼけているのかどうか、どちらとも断定できなかったが、話の持っていきようでは、大屋の思惑通りになりそうな表情だった。

「それで古田秘書はいまどう言っているんですか」

社長の村井が北野弁護士に聞いた。

「別室に控えさせていますから、ここへ呼びましょう」

北野が大股に会長室を出ていって、すぐに痩せた古田を連れて戻ってきた。

「わたしが勝手にやりました。正直、本当に会長はなにもご存じありません」

四人が座っているソファの横で、古田が直立不動で言った。

「それが本当だとしたら、君の責任は重大だよ」

村井がしかめっ面で叱責した。

「責任を取らせていただきます」

古田が退職届けをテーブルに置いた。

「そんなことより、株を受け取った理由と状況を、詳しく話してください」

北野が古田を促した。

「ナビゲート社のある人から、中沢社長にと、未公開株の購入を持ちかけられました。購入資金はフラワーファイナンスからの融資で、上場したらすぐに決済するということでしたので、あえて社長の承諾は必要ないと考え、わたしの独断で譲り受けたのです」

「融資を受ける際に、フラワーファイナンスに念書を入れているはずですよね。それはあなたが書いたんですか」

これが核心だと、北野の言い方である。

「ナビゲート社の件ですと言って、ほかの書類に紛れこませて、念書にサインをしていただきました。印鑑はわたしがお預かりしているものです」

「すると今度の件は、すべてあなたが独断でやったと、そう言うのですね」

「間違いありません」

古田は頬を強張らせ、中沢を見ないで答えていた。古田が最後までそう言い張るのなら、事実でなくともいいと、大屋は思った。

「後になって、証言を翻すようなことは、ないだろうな」

それでも大屋が念を押し、机の前で突っ立っている、古田を見上げた。

「後……といいますと？」

「例えば恐い顔の検事に事情聴取されて、恐ろしさの余り嘘の証言をするとか、いろいろあるじゃないか」

「事実は変えようがありませんから、ほかに答えようがないんです」

「特捜部に調べられても、そう答えるつもりですか」

「嘘は言えません」

古田がきっぱりと言った。事実関係はどうなのか、誰にもわからないが、中沢に責任が及ばないよう、古田はなんとか自分の段階で食い止めようと、必死になっている感じだった。当人がそれを強くのぞんでいたし、いまはそれに乗らない手はなかった。

「未公開株を譲り受けたことを、会長は古田秘書からなにも聞いていなかった。売却益は古田秘書が手にして、会長には報告していない。つまり中沢会長はもらっていない。そういうことなんですね」

大屋が中沢と古田に交互に視線を移した。それにつられて中沢が、こくんと小さくうなずき、古田は我が意を得たりとばかり、思いきり息を吸いこんだ。

「よかった。もらっていないんですね。だったら会長が、記者会見で譲渡を認める必要はなくなります」

村井がほっとしてつぶやいた。

馬鹿な男だと、大屋は何度も息を継いでいる村井を胸の中で嘲笑した。古田が中沢をかばって、すべての罪をかぶろうとしているのは、見え見えだった。それを村井は本気で信じている。いや信じたいのに違いなかった。

「じゃぼくはなにももらっていないと、会見で表明していいんだな」

中沢が大屋から、北野弁護士に視線を移した。

「譲渡されてもいないのに、認めたらおかしなことになります」

北野が言った。

「しかし古田が受け取っているからなァ」

「話を聞いてもいなかった会長が、秘書のやったことに責任を負うことはありません。それでは主客転倒です」

ここへきて急に優柔不断になった中沢に、大屋は苛立ちがつのり、厳しい口調で言った。

「譲渡を、安易に認めてしまいますと、先程も言ったように、会長は準公務員ですから、収賄を追及されます。本当にもらっていないのなら、最後まで全面否定をしなければなりません」

北野が大屋の言葉を補強した。

「否定会見が問題になるようなことは、ないだろうな」

中沢はまだ不安そうだった。

「疚《やま》しいことがないのなら、堂々と否定すればいいのです。誹謗中傷など気にする必要はありません」

北野弁護士が畳みこむように言った。

「そうだな……」

それで中沢がやっとうなずいた。

「わたしはどうしたらよろしいでしょうか」

話の切れ目ができて、直立不動を続けていた古田が、誰にというわけではなく、眼をしょぼつかせて聞いた。

「辞表は受け取った。今日付けでいいね」

村井が汚いものでも触るように、古田の退職届けをつまみ上げた。

「お世話になりました」

まず中沢に最敬礼をして、顔を上げた古田の眼が、涙で盛り上がっていた。

「しばらく姿を隠すんだな。マスコミがうるさくつきまとうだろうから」

大屋の忠告に古田がうなずいたとき、皺の多い古田の眼から、涙が頰に伝った。古田はあわてて踵《きびす》を返し、会長室から出ていった。

「記者会見で会長がどう答えるべきなのか、シナリオを作っておきましょうか」

大屋が北野弁護士に同意を求めた。

谷村は石橋記者との打ち合わせを済ませると、その足で中沢を訪ねた。

「記者会見は一一時からとなりました」

ぐったりして、ソファにもたれていた中沢に、谷村が報告した。

報告をしながら、谷村は中沢の顔を覗きこんだ。朝は青ざめて頬が引きつり、恐怖が表情の隅々にまで浮かんでいた中沢だったが、いまは幾分か血色の気が甦り、顔からは朝方の怯えが消えていた。

「出された質問に答えればいいんだな」

「幹事社の石橋記者が、最初に代表質問をすることになっています」

「わかった。時間になったらぼくは、記者会見場へ行けばいいのか」

「会見では記者の質問に、正確にお答えになってください。嘘を言う必要はないんです。五分前になりましたら、お迎えにまいります」

「そうしてくれ」

疲れているのか、中沢はソファからすぐには立ち上がろうとしなかった。谷村は一礼して部屋を出た。

会見で中沢が、譲渡されたことを認めれば、記者団から責任を追及され、その場で中沢は、会長辞任を表明しなければならなくなるだろう。谷村としてもそれは避けたかった。未公開株をもらった行為はよくないが、中沢は長いことトップを続け、ニッポン郵信を競争力のある、有力な民間企業に改革し育てた。その功績は否定のしようがなく、こんな形で中沢が会社を去らなければならなくなることが、谷村にはやり切れなかった。

「落ち着いて答えてください。石橋記者には説明してあります」

会見の五分前、谷村は中沢と肩を並べて、臨時に作られた六階の特別会議室、記者会見場へ向かった。

郵信記者クラブのメンバーは、経済担当記者だったから紳士的な記者が多く、谷村は全員と親しくつきあっていた。だから中沢が、質問にきちんと答えてくれさえすれば、何事も徹底的に追及しなければ気が済まない、社会部の記者とは違って、納得してくれるはずだった。

一一時ちょうどに、中沢と谷村が会見室へ入った。

五〇人ほどの記者で室は満員で、さらにテレビカメラが何台も並んで、ライトを浴びせ、カメラマンがフラッシュをたいた。

入り口で中沢が一瞬足をすくませた。

「行きましょう」

谷村は中沢の背中を軽く押し、会見席に並んで座った。再度フラッシュが瞬き、テレビライトの熱さに汗が滲んでくる。中沢が総裁に就任したときの記者会見を、はるかに上回る記者たちの人数で、それだけ世間の関心の高さを物語っていた。

谷村は左隣の中沢の様子をうかがった。震えているかと思ったが、案に相違して落ち着きはらっていた。

これなら安心だった。

「それでは中沢会長の記者会見を、はじめさせていただきます」

谷村が立ち上がって場内に一礼し、口火を切った。

「幹事社から、最初に質問をさせていただきます。中沢会長がコスモフラワーの未公開株を、ナビゲート社の園部社長から譲渡されたのは、間違いないですね」

石橋記者が約束どおりの質問をした。

間違いありません……と、中沢が答えるはずだった。

だが中沢は、顔を横にねじり、左耳を石橋記者に向ける。質問が聞こえなかったらしく、すぐには答えようとしなかった。

「もう一度お尋ねします。今朝の新聞記事は間違いありませんね」

石橋がすこし苛立った声で念を押した。

「ちょっと待ってくれ。コスモフラワーの未公開株を、わたしがもらったという事実はありませんよ」

えっ?……と、谷村はうめいた。耳に飛び込んできたもらっていないという中沢の言葉が、信じられなかった。

一瞬、会見場が凍りついた。その直後に、カメラのフラッシュの瞬きが一段と激しくなり、なんだってと念を押す記者の叫び声が、会見室のあちこちでした。

「会長、どうしたんですか」

谷村は中沢に顔を近づけて、小声で注意を喚起した。

「もらっていない」

だが中沢は放心したようにつぶやいた。

「会長!」

最悪の場所での、これ以上はない醜態だった。

怒りで谷村は、中沢の足をデスクの下で蹴った。中沢がぎょっとして腰を上げかけたが、注がれている大勢の記者の眼に、平静を装って座り直した。

「もう一度聞きますが、本当にもらっていないのですか」

石橋記者が辛抱強く質問を繰り返した。

「もらっていない」

中沢は前より大きな声で、しかもはっきりと答えた。

「これで幹事質問を終わります。後は自由に質問してください」

石橋が怒りをあらわにして吐き捨てた。

幹事社が、会見場の交通整理を放棄してしまっては、記者会見が混乱するのは必至だった。

谷村は石橋に進行を続けてくれと眼で訴えたが、横を向かれてしまった。

「わが社の記事は、まったくの誤報だと言うんですか」

最前列に陣取っていた若い記者が質問した。見慣れない顔で、社会部から応援にきた記者かもしれなかった。

谷村は絶望的な気分に襲われた。

中沢が、すがるような眼を谷村に向けてきた。だが株の受け取りを否定した以上、もうどうしようもなかったし、谷村が中沢のために、これ以上なにかをしようという気に、なるはずもなかった。

谷村は冷やかな眼で中沢を見返した。

「会長、答えてください」

若い記者が声を荒らげた。

「もらっていない。わたし自身の問題だから、断言する」

中沢が若い記者を睨みつけるようにして答えた。

「そこまで言うんなら、わが社を名誉棄損で訴えたらどうですか。受けて立ちますよ」

質問をはぐらかされた記者が席から立ち上がり、怒りで顔を真っ赤にして怒鳴った。

「もういいでしょう」

閉会を宣言されたわけでもないのに、中沢は強張った顔で立ち上がり、会見室から逃げるように退場してしまった。

「どういうことなんだよ谷村さん」

会見室に取り残された谷村に、石橋が詰め寄ってきた。

「殿ご乱心です」

それしか答えようがなかった。

「会見を一方的に中止するとはどういうことなんだ。これじゃ会見をしたとは認められないから、やり直しだな」

中沢退席のきっかけを作った記者も、改めて詰問した。

「会長にそう伝えます」

記者連中になにを言われても、谷村としては反論のしようがなく、ひたすら謝罪するしかなかった。一番尊敬していた人に、社会人としての約束を破られたのである。約束を破った中沢に、谷村は初めてといっていい怒りを覚えた。

今朝方は間違いなく、中沢は株の譲渡を認めようと決心をしていた。それがなぜ急に心変わりしたのか。中沢の心境にどういう変化が起きたのか、谷村にはわずかな見当もつかなかった。

古田は自分が独断で受け取ったものだと、はっきり言っていた。それはすなわち中沢への譲渡を意味している。秘書が勝手にやった……では通用するはずがないのだった。それにもかかわらず、わかっていて中沢は二重のウソをついた。

驚くほど平然とである。それも記者会見という、言い逃れできない重要な席で……だった。

幹事社の石橋記者に根回しをして、記者会見をなんとか穏便に終えようとした努力は、中沢の突然の変化で無に帰してしまった。もはや中沢には手を差し出す人がいない、かばいようのない世界に、自分から足を踏み入れてしまったのだった。

谷村は怒りを腹のうちに押し込み、会長室へ引き返した。

「勝手なことをされては困るじゃないか」

会長室のソファで、すでに中沢と打ち合わせをしていた弁護士の北野が、谷村の顔を見るなり、睨むように叱責した。

「どういうことですか？」

谷村はむっとして言い返した。

「記者会見で、株を譲渡されたと答えるようにって、あんた会長に強要していたそうだね」

「しかし事実を正直に答えるのが、緊急記者会見の趣旨でしょう」

「会長は古田秘書がやったことで、自分は知らないと言っているじゃないか。それを無理やりやったと言わせて、会長に認めさせようとするなんて、なにを考えているのかわからん」

眼鏡を掛けた北野の眼が、つり上がっていた。

どうして、こんな文句を言われなければならないのかと、谷村は逆に北野を睨み返した。

「秘書が秘書がなんていう言い訳が、いまの世の中で、通用すると思っているとしたら、あなたは弁護士失格ですね」

谷村は思いきって言い返した。

「失礼なことを言うものじゃない。会長は準公務員だということを、忘れたんじゃないだろうね。記者会見で不用意な発言をすれば、収賄罪に問われる恐れがあるんだよ。だからシナリオを書くのはいいが、事前に相談してくれって言っていたんだ」

「じゃ会見場で事実を否定するようにって、勝手なシナリオを渡したのは、あなたなんですね」

谷村は北野のふっくらした顔を、怒りをこめて睨んだ。全体としての状況を、正確に判断できないこんな男が弁護士では、依頼人は方向を間違うばかりだった。

「村井社長と大屋副社長を交えた席で、五人で決めたことだよ」

他人ごとといった北野の返答に、終わったなと谷村は顔を伏せてつぶやいた。

もうなにを言っても無駄だった。

3

「なにもかも、嫌になりました」

最悪の記者会見から半月後、谷村は大屋に誘われて、田村町《たむらちょう》の京料理屋〈菊村〉で落ち合った。

「どうして自分から、広報を外れたんだね」

狭いカウンター席に座った大屋が、熱燗を谷村のぐい飲みに注いで、自分も手酌で盃を満たした。

「ご存知でしょう。勝手なシナリオって言われましたが、記者クラブの幹事社の記者に頼んで、質問の順序まで決めていたことですよ。それなのにあの突然の発言でしょう。どの面下げて、記者たちの前に出られるんですか」

谷村は苦い思いでぐい飲みを干した。

「会長はまだ、株はもらっていないと頑張っているが、持ちこたえられそうかな」

「無理でしょう。もらったのは自分だと、秘書だった古田が主張していますが、どこの誰がそんな言い分を信じますかね」

「名もない一介の秘書に、一万株の贈与というのは、ちょっとありえないな」

「取締役の別所さんでさえ、もらったのはやっと五千株ですよ。一万株という数字を考えれば、誰に渡ったか行き先は明らかなんです」

谷村は中沢の、恰好をつけた言葉を思い出すたびに、腹立たしくなってくるのだった。

「一回嘘を言うと、その嘘を隠そうとして、また嘘をつき、際限がなくなっていく。結局は、正直に生きろということだな」

それは民間企業になって、最初に発行された社内報で、巻頭を飾った中沢の言葉だった。いまの中沢は、それとは正反対のことを主張していた。なにが正直に生きろだ……と、谷村は声を大にして叫びたかった。

「社内に憤懣がたまっている。それが心配だよ」

大屋が暗い顔で言った。

新聞各紙は中沢批判一色だった。社会面に載った郵信社員の声は、「社員にはエンピツ一本まで節約させて、自分は濡れ手に粟で二千万円か」といった、厳しいものばかりだった。

〈嘘つき総裁〉

そんなどぎつい表現をするマスコミさえあった。

「組合になにか動きが出そうなんですか」

谷村は大屋副社長を見つめて聞いた。

「それはないが、社員はみんなやる気を失ってしまうぞ。国会の村井社長の答弁もひどかった」

衆院の委員会に、参考人として招致された村井社長は、スーパーコンピューターの転売と回線リセールは、正常な商取引の範囲内だと、繰り返して言うばかりで、あとは知らぬ存ぜぬの、逃げの一手だった。ニュースを見ていた社員からは、社長があれでは恥ずかしくて外も歩けないと、外出時にニッポン郵信のバッジを外す者までいるほどだった。

「古田秘書が特捜部に、改めて事情聴取されているらしいですね」

「会長も何度か呼ばれたし、別所も事情聴取を受けている。弁護士の北野が会長に張りついて、検事とのやり取りをすべて聞き取り、ナビゲート社側の弁護士と、入念に打ち合わせをしているらしい」

「そんなことをしても無駄ですよ。どうして会長は土壇場になって、あんな嘘を承知してしまったんでしょうね」

「会長を弁護するわけじゃないが、みなし公務員という身分が、決定的だったんだろうな。もし譲渡を認めたら、ワイロを受けたと認めることになり、収賄罪で逮捕してくれと、両手を差し出すようなものだからな」

「けど否定しても意味がないんですよ」

「会長は逮捕されるのかな」

「いずれ……でしょう」

それ以上の言葉を、谷村は口にしたくなかった。

「こんな調子でいつまでも、会長職に居座られていると、ニッポン郵信の評判は悪くなるばかりだな」

変わり身の早い大屋は、とうに中沢には見切りをつけたと、言わんばかりの冷やかな口調であった。

「一日も早く、辞任された方がいいんですがね」

「猫の首に、鈴をつける人間がいるといいんだが……」

鈴どころか、強烈な爆弾が中沢の頭上で炸裂したのは、一二月も半ばになり、寒さが厳しくなった時期だった。

〈中沢会長の銀行口座に、コスモフラワー株の売却益九百万円入金さる〉

どこの誰が洩らしたのかわからなかったが、大手新聞がそんな記事を、一斉に書き立てたのだった。

その記事を読んで、谷村は茫然とするしかなかった。売却益が個人の銀行口座へ入金されたものなら、中沢は初めからすくなくとも入金があった段階で、その事実を知っていなければおかしかった。中沢はすべてを古田のせいにしていたが、そうだったのかと谷村は納得した。張本人は中沢自身だったのではないのか。

「協力してもらえませんか、谷村さん」

報道担当の高橋が、顔を強張らせて谷村の席に走ってきた。

「なにをうろたえているのか知らないが、自分でいいと思うことをやればいいんだ」

「冷たくしないでくださいよ。実は記者クラブから、会長の緊急記者会見を開けと、きつく要求されているんです」

「当然だね。やればいいじゃないか」

「それがこんどはかんじんな会長が、ウンと言わないんですよ」

「じゃ仕方ないな。ご当人が拒んでいるんじゃ、どうにもならないよ」

谷村なら、中沢の首に縄をかけてでも、記者会見室へ引きずり出したかもしれない。もらっていないと大見得を切ったのだから、それを否定する記事が報道されれば、釈明会見を開くのが当たり前だった。

だがそれを、報道担当になってまだ一年足らずの、若い社員の高橋に求めるのは、酷に違いなかった。

「そんなにあっさりと、突き放さないでください。会長の信任が厚い谷村さんから、会見を開くようにと言ってもらえれば、会長も了解されると思うんです」

「無駄だね。例の記者会見以来、会長はわたしを憎んでいるから」

「なぜですか」

「譲渡を認めるようにって勧めたからさ。その方向にそって記者会見を用意した。それが逆鱗に触れたんだ」

もう谷村は、中沢と人間的なかかわりを持ちたくはなかった。最初の緊急記者会見で、もし谷村のシナリオどおりに動いてくれていれば、中沢がマスコミや世間からどんなに叩かれようと、谷村は必死に守り抜く努力をしたに違いなかった。だが谷村は中沢から裏切られたのだった。

そんな人間とは、顔を合わせるのも話をするのも嫌だった。

「このまま会見をしなかったら、記者クラブの怒りを買ってしまいます。せめてクラブの人達を、鎮めてもらえませんか」

「それも無駄だね。おれはいまクラブからも、嘘つきだって目の敵にされているから」

「じゃわたしは、どうすればいいんですか」

高橋が泣きそうに顔を歪めたが、中沢本人がどうするのかを決めないかぎり、周りが打つべき手などあるはずがなかった。

「記事について、せめてコメントくらいは会長名で出してくれって、村井社長に要請するしかないだろうね」

「それも断られたら？」

「放っておくさ」

冷たいようだったが、もつれてしまった糸のようなもの。それしか言いようがなかった。

会長にコメントを出すよう、要請してみますと言って、高橋は四階へ向かった。

デスクの電話が鳴った。

「すぐぼくの部屋へ来てくれないか。相談したいことがある」

六月の株主総会で取締役に選任され、経営企画本部長になった小塚から、内線電話がかかってきた。小塚とは二、三か月に一度の割合で、盃を傾けあっていたが、中沢問題が発生してからは、お互いに時間を取れないでいた。

「どうかされたんですか?」

六階の経営企画本部の本部長室で、小塚と向かい合った谷村は、おや? と首をひねった。ふっくらした小塚の顔が、傍目にも曇っているのがわかった。

「しかし君は相変わらず不敵なつら構えだね。会長だけど、どうすればいいと思う?」

多分そのことだろうと思っていた通りの話である。いまになってもなお、月並みな発想しかできない証拠だった。

「わたしのような一介の社員が、答えるようなことじゃありません」

小塚がなにを言いたいのか、谷村はすこし警戒した。

「実はな、中沢会長から、君の意見を聞いてくれと頼まれたんだよ」

「会長が?……」

「おれと君のつきあいを知っていて、今度の件にどう対処すればいいのか、君の考えを聞きたいそうだ」

　今更なにを言っているのかと、谷村は呆れた。

「そうだとしたらどうしてわたしを、直接呼ばないんでしょうね」

　中沢はまだ会長……である。部下の谷村を呼びつけて聞きたいだけ聞けば、それで済む話で、わざわざ小塚を間に入れる必要はなかった。

「顔を合わせづらいんだそうだ。それに君は広報を外れたから、マスコミ対策について意見を求めるのは、いかがなものかという判断だろうね」

「わたしもお会いしたいとは思いません」

「君と会長が行き違った経緯は、うすうす聞いている。だが会長は、君の意見を聞きたいと、たっての望みなんだ。おれの顔を立てて、相談に乗ってくれないか」

　小塚が正面から谷村を見つめた。中沢は小塚に、この一言を言ってもらいたかったに違いないのである。

　小塚は谷村をニッポン郵信に入れてくれた恩人だったし、美也との結婚式では仲人を務めてもらった。その小塚の頼みを、いつまでも断りつづけるわけにはいかなかった。

「すると今度の件でのわたしの考えが、会長に伝わればいいんですね」

「会長に会えよ。いいじゃないか」

「会ったらわたしは、会長を罵るかもしれません。小塚重役から、わたしの考えを、会長に伝えていただくのがベストです」

「そこまで感情がこじれてしまっているのか。よし、いいだろう、話してくれ。おれが会長に話すよ」

誰を相手にしても、言いたいことを言う小塚なら、谷村の考えていることを正確に、中沢に伝えてくれるに違いなかった。たとえほかの役員なら、二の足を踏んで腰が引けるような内容でも……だった。

「すべてを正直に話して、責任を取って会長をお辞めいただくしかありませんと、伝えてください」

谷村は腹に力を入れて小塚を見つめた。小塚のぎょろ眼が尖り、谷村を見返した。

「わかった。君の意見として伝える。おれもそれに同感だと、つけ加えよう」

小塚のように自分なりに腹が据わっていて、正論の言える人間が、ニッポン郵信にはすくな過ぎた。本当なら社長の村井や副社長の大屋が、中沢に早期の辞任を進言すべきなのである。だが二人とも、中沢の個人的な問題だからと、知らぬ顔を決めこみ、嵐が頭上を通り過ぎるのを、漫然と待っているばかりだった。

それではいつまでたっても、今度の事件が終息に向かうわけがなかった。

昼近くになり、広報室報道担当の動きが、急にあわただしくなった。また新たな事実でも暴露されたのかと、報道担当の高橋に眼を向けた。

「これクラブへ配ります」

高橋が一枚のプレスリリースを、さりげなく谷村の机に置いた。

〈ナビゲート社がらみの事件で、世間をお騒がせし、ニッポン郵信の信用を失墜させた責任を取り、わたしは辞任いたします〉

なんとその印刷物は、辞任を拒んでいた中沢の最後のコメントだった。

そうか、やっと辞める気になったのか。だが遅過ぎた。ただ世界の巨大企業ニッポン郵信の、一つの時代がこれで終わったことだけは、明らかだと思った。

会長を辞任した中沢は、その足で東京国際病院へ入院してしまった。あれだけ騒がれれば、人間である以上体調を崩しもしようが、本当に病気なのかどうか。それともマスコミの追及や、司法当局の捜査の手から逃れるための逃避なのか、それは谷村にもわからなかった。

東京地検特捜部の捜査の手は、政界や官界、さらに民間企業にも、確実に伸びはじめていた。そしてニッポン郵信では、主だった役員が毎日のように、東京地検に呼び出され、役員会は機能麻痺状態に陥っていた。

年が明けて、昭和天皇が崩御した。

終わりの大きな区切り。昭和という激動の時代のピリオドは、新たな時代の幕開けというより、先行きに立ちこめている暗雲を予感させた。それを物語るように、株式市場は、アメリカとイラクの湾岸戦争の勃発で暴落し、バブル経済崩壊の序曲となったのだった。

「任意で、事情聴取に応じていただきたい」

東京地検特捜部から谷村に、こんな要請が飛びこんできたのは、一月末の、寒さがさらに厳しくなった午後だった。まさかおれまで、株の譲渡を疑われているのではないだろうなと、谷村は警戒しながら、霞《かすみ》が関《せき》の合同庁舎に入っている、地検特捜部へ出頭した。

「ごぶさたしています、先輩」

谷村を待ちかまえていたのは、東大弁論部の二年後輩だった岡島《おかじま》で、長い顔に含み笑いを浮かべていた。

「君は……。あ、そうか検事になっていたのかネ……。しかし君に取り調べられることになるとは、思ってもいなかったよ」

谷村はバツの悪さに照れ笑いをした。

「被疑者としてじゃありませんから、取り調べではないんです。一連の記者会見を取り仕切っていたのが、谷村さんだと聞いて、お出で願いました」

筆記者は同席していなかったから、岡島の言葉どおりで、谷村が捜査の対象になっているのでは、なさそうだった。

中沢は株好きだったのかとか、緊急記者会見が設定された経緯など、岡島検事の質問は世間話といった簡単なものだった。特に隠すような内容でもなく、谷村は聞かれるまま正直に答えた。

「わたしが呼ばれるくらいですから、捜査は大詰めということでしょうか」

相手は大学の後輩でも、いまは特捜検事だったから、言葉づかいが、自然とていねいになってくる。

「緊急記者会見での、まったく知らないという中沢会長の発言、あれがわれわれ特捜部を怒らせたんです」

「そうでしたか……」

「あれだけ白を切られては、特捜部がこけにされたも同然ですからね。言葉は悪いが、あのじじい、とっ捕まえてやるぞという気になりますよ」

「逮捕は間近いんでしょうか」

「それは先輩でも答えられません。ところで秘書の古田ですが、自分が勝手に株を受け取り、売却益を中沢に知らせないまま、中沢の口座に振りこんだと、言いつづけています。どう思いますか」

「変な話ですね。入金した口座が中沢会長の個人口座なら、受け取った金も、否定のしようがないと思いますが」

古田は一貫して、すべての罪を自分一人でかぶるつもりらしかったが、その姿勢ではかえって疑惑を深めるだけで、無駄な努力だと、谷村はため息をついた。

「それが微妙でしてね。中沢個人というより、政界工作用の資金を、プールしていた口座だというんですよ。その口座を古田が管理していて、赤字になっていたから、売却益の一部を入金して、補塡したと主張しています」

「それは十分あり得ますが、それにしても、会長が知らないというのは、通用しませんね」

「それが正常な判断でしょう。口裏を合わせたとしか思えないんですが、古田秘書はどうして口を割らないんでしょうね」

「ビジネスマンのロイヤリティと言うか、長いつきあいだからでしょうか。しかし口裏っていうのは？……」

「いいものをお見せしましょう」

岡島は取調室を出て、数分後に分厚い書類を持って戻ってきた。

「ある人物の供述調書です。誰のものだと思いますか」

「古田……ではありませんよね」

「彼は口を割っていませんからね。ちょっとトイレへ行ってきます」

岡島がわざとらしく谷村に片目をつぶり、取調室から出ていった。

谷村は岡島の好意に感謝して、目の前の供述調書を手に取った。大屋副社長のものだった。

——わたしが勝手に譲渡を受けましたという、中沢無罪論に立った供述の打ち合わせで、緊急記者会見の前に、中沢、村井、大屋、古田、それに北野弁護士の五人が話し合い、古田が勝手に譲渡を受けたという、古田の供述に沿って、役割分担まで決めていた経緯が、はっきりした。

中沢が急に態度を変えた理由はこれだった。中沢は浅はかにも、古田のせいにすれば自分一人は逃げられると、思い込んだものである。

「どうでしたか」

二〇分ほどで戻ってきた岡島検事が聞いた。

「ニッポン郵信の首脳陣は、魑魅魍魎《ちみもうりょう》ばかりのようですね」

「毒されないでくださいね先輩」

岡島の忠告に、谷村はうなずくしかなかった。

中沢雅人が東京地検特捜部に逮捕されたのは、寒の戻りを思わせる寒い三月の初旬だった。中沢は入院していた東京国際病院から、検事に両脇を挟まれ、車で連行されていった。その様子を伝えるニュースを、谷村はテレビの画面から眺めていた。

何度も同じ映像を見せられながら、一つの時代が終わったんだと、谷村は痛感した。

ぬるま湯体質の公社から民間企業になり、ドクター合理化と呼ばれた中沢の奮闘があって、ニッポン郵信の企業体質が改善されたことは、紛れもない事実だった。改革は中沢でなければできなかった。だから谷村は、中沢のガラの悪さや、いきなり破裂する癇癪玉に閉口しながらも、懸命に支えてきたという自負心を持っていた。

一方の中沢は、自身がニッポン郵信で築き上げてきた実績のすべてを、最悪の形で泥にまみれさせてしまった。

無性に寂しかったが、中沢の完全失脚は〝お小姓〟と揶揄《やゆ》された谷村を、放っておいてはくれなかった。

〈北京《ペキン》支店勤務を命ず〉

中沢逮捕から日ならずして、人事異動があった。

遥かな北京へ行けというのだった。だがその北京支店の陣容は、現地人を入れてもわずかに五人。情報蒐集だけが仕事で、これといってすることのない支店だった。

島流し……にほかならなかった。

「しっかりと人脈を作ってきてほしい。五、六年かけてな」

海外へ派遣される社員を、ニッポン郵信では直接社長が激励するのが習わしで、村井が谷村に贈った言葉だった。

五、六年も北京へ左遷されていたら、ニッポン郵信での出世競争に、谷村が二度と加わることはできないと、村井に宣告されたようなものだった。

4

四月一日付で北京支店長を発令された谷村が、突然本社に呼び戻されたのは、なんと半年後の一〇月だった。

「なにが起きたんですか」

谷村は大屋に聞いてみた。半年ぶりに銀座の寿司屋のカウンター席で、谷村は大屋と並んでいた。短くとも二、三年は北京駐在だろうと覚悟していたから、狐につままれたような気分というのは、このことだった。

「本社に必要な人間だから呼び戻した。それだけだよ」

唇を崩した大屋の顔に、なにをやるかわからない凄味が感じられた。

「よく村井社長が了解しましたね」

「あいつは目先のことしか理解できない、短絡的な男だからな。君を北京へ左遷したことなんか、とうに忘れていたんだ」

「わたしの人事なんて、村井社長にとっては、あっさり忘れる程度の、軽いものなんでしょうか」

「目先の脅威が取り除かれれば、それでよしというやつさ。面白いことを聞かせてやろうか。どうして君が北京へ放り出されたか、知っているか」

盃を空けた大屋が、薄笑いを浮かべて聞いた。

「緊急記者会見が、不首尾に終わった責任を、取らされたからじゃ、ないんですか」

中沢がマスコミから、不本意な嘘つき呼ばわりされるようになったのは、谷村がシナリオを書いて設定した記者会見が、中沢の開き直りで失敗してしまったのが原因だった。だから北京への左遷は、余計なシナリオを書いた谷村への、懲罰人事……だと受け取られていた。

だが大屋は、谷村の質問に意味深長な笑いを浮かべた。

「そう思っているとしたら、君は村井という男を、正確に理解していない証拠だ。実はもっと単純なことなんだよ」

「村井社長にわたしが、憎まれるようなヘマを、どこかでやったんでしょうか」

谷村にはわからなかった。

「君が覚えていないような、取るに足りない小さな事柄を、あいつはずっと根に持っていたんだよ」

大屋があっさり言った。

「村井社長とは、接触する機会がほとんどありませんでしたから、なにを怒っておられるのかわかりません」

「予算だよ」

「え、予算って?……」

予想もしなかった大屋の言葉に、谷村は眼を丸くした。

「あいつが常務で経理担当のときに、君が広報室の予算を増額させた。あの件を覚えているだろう」

「室長代理になって、初めての仕事でしたから、よく覚えています。一〇億円を増額して合計三六億円の予算書を出したら、印鑑を押そうとした村井常務の手が震えだして、巨額だからこれは簡単には認められないと、承認印を拒否されました」

村井の印鑑を持った右手が、呆れるほど震えていたのを谷村は思い出した。

「そのあと、いまは常務になったが、経理部長だった飯島と会って、どうしたらいいか相談したんだったな」

「たしか九億円ずつ四回に分けて、村井常務の承認を取ろうということになりました。それが問題視されたんですか」

「そのときの君のささいな発言が、左遷の原因になったんだ」

「わたしがなにか?……」

懸命に記憶をたぐったが、さすがの谷村も思い出せなかった。

「飯島は、社長になった村井の関心を買おうとして、君を売った」

「飯島常務がわたしを中傷したと言うことですか」

「君は村井を、小心者だと非難したことがあるだろう」

「はっきりとは覚えていませんが、予算案を突っ返されて呆れていましたから、言ったかもしれません」

「あいつの肝っ玉が小さいのは、みんな知っているが、ナビゲート社事件が発覚してからの狼狽ぶりは、見物だった。特に国会に参考人として呼ばれたときはな。まさに小心さを露呈したんだが、ある席であいつの尻の穴の小ささを、君が昔から馬鹿にしているって、予算のときの話を取り上げて、飯島が村井の耳に入れたんだよ」

「え、そうなんですか」

「村井にとって君は有能だが、目障りな存在なんだな。だから北京へ左遷した」

「するとわたしが本社に戻れたのは、大屋副社長のおかげなんでしょうか」

一〇月一日付で谷村は、総務部次長を発令されていた。

公社時代に総務部はなく、民間企業になってから設置された新しい部署だった。文書課が担当していた国会対策や、郵政省とのからみ、さらには民間企業になったため、株主との対応などが必要になり、大屋の肝煎りで作ったものである。当然、副社長としての大屋が、総務部を管掌していた。

「人事は本来、おれの担当なんだ。それを村井は無視して、君を北京へ放り出した。元に戻させるのは、当たり前じゃないか」

話を聞いていて、大屋と村井はうまくいっていないなと、谷村は思った。社長の椅子を村井にかすめ取られたと、大屋は以前から思っていたはずだったから、鬱積していた不満がストレートに伝わってきた。

「それにしても外地への人事で、半年というのはかつて例がありませんですね。驚きました。

感謝します」

谷村は大屋に頭を下げた。

ちょうど、北京へ家族を呼び寄せようかどうしようかと、谷村は頭を痛めていた。妻の美也はともかく、四歳と二歳のまだ幼い子供には、北京の生活環境は決して好ましいとは言えなかった。日本人を敵対視する反日感情の強さは、日本で耳にしたのと、現地で肌で感じるのとでは、雲泥の差だった。

そんなところで、子供を育てたくないから、単身赴任を覚悟しなければならないと、思いはじめていたところだった。

「はっきり言って、君の力が必要なんだ。協力してくれるよな」

「呼び戻していただいたんですから、もちろん協力は惜しみません」

「そろそろ動こうと考えているんだ」

大屋はそれだけ言って、谷村の顔を見つめた。

動く……という言葉だけでは、大屋がなにをやろうとしているのか明確ではなかったが、思い詰めた眼の色は想像以上に強い覚悟を秘めていて、これから戦いに向かう武将のような、気迫を感じさせられた。

その眼の光に谷村は、大屋は村井と対決するつもりだなと、直観した。

「君ならわかると思っていた」

「ですが村井社長は、社長になってまだ一期目ですよ」

いくらなんでも、村井社長の退陣を、仕掛けるのは早過ぎると、谷村は思った。

「中沢という後ろ楯を失ったんだから、村井が社長でいる理由はなくなったんだ。一期でも社長をやったんだから、彼にとっては十分だろう。手伝ってくれるよな」

「わたしには、たいした力はありませんが、できるだけは」

「役員の多数派工作は、もちろんおれが自分でやる。やり方の好き嫌いは別にして、穢《きた》ない手でもなんでも使うつもりだ。で、さし当たって君には、そのための材料を集めてもらいたい」

「なにをやれと？」

「ウン。顔をしかめるなよ。役員の素行調べなんてどうだ。面白いと思わないか」

谷村を見つめて、重々しく言った言葉だったが、本気なのかジョークなのかわからない大屋の眼が、不気味なほど底光りしていた。

「役員全員の素行ですか。面白いでしょうね」

谷村はまじめに答えた。どうせ大屋のやること……だった。

「金はかかるだろう。しかし政界工作をするほどの、ケタ違いの金が必要なわけじゃないんだ。ともかく金は心配するな。技術系の連中の不行跡を、見逃がさずに徹底的に洗い出してほしい」

「でも村井社長は、技術系にあまり評判がよくありませんからね。いまさら味方をする人間は、いないんじゃないでしょうか」

「なぜだ？」

理解できないというように、大屋が首をかしげた。

「彼は土木屋さんだし、初代社長を巡って、南原派を裏切ったじゃありませんか。技術系からは信頼されていませんよ」

「しかし常務の岩本貞夫《いわもとさだお》とか、平取の田崎浩二《たざきこうじ》なんかがいるから、安心はできないんだ」

猪突猛進型の大屋が、珍しく慎重になっているのがわかった。裏を返せば大屋も、それだけ今度は本気だということに、ほかならなかった。

「事務系も固めなければなりませんね。いざとなったら強いと思える方につくのが、人間ですから」

「そのためにも、シラミつぶしの徹底した調査が必要なんだよ」

「費用は副社長の方に請求させますか？」

「伝票をおれに、直《ちょく》というのはまずいから、そうだな……宮崎に回してもらうか。職員局の裏金で処理させよう」

「話はつけておいてください。伝票を回したはいいが、窓口ではねられてしまったでは、眼も当てられません」

「心配するな。首尾よくおれが目的を果たしたら、君の処遇は考えさせてもらう」

「お願いします」

――どうせ。

なにもかもむき出しになってしまった以上、自分一人気取ってみてもはじまらなかった。大屋とはこれで一蓮托生《いちれんたくしょう》になったと、谷村は思った。谷村としては、村井体制が続けば、いつまた島流しの憂き目に遭うかも、しれないのだった。共産国でも、北京のような文明のあるところならまだいいが、それこそサハラ砂漠のど真ん中へ、さまざまな理由をつけて、放り出される恐れさえ、社長レースまで賭けられた企業の人事には、あるのだった。陰険な村井なら、それくらいのことはやりかねなかったし、谷村の存在を快く思っていない役員も、すくなくないはずだったから、ここは毒を喰らわば皿までで、大屋ととことんつきあっていくしかないと思った。

谷村の元へ興信所から、大屋を除いた全役員二二名の身辺調査結果が届けられたのは、一か月半後の一一月半ばだった。極秘の徹底した調査を求めていたから、費用は二千万円を上回った。

調査結果で驚いたのは、なんと社内不倫のまさにオンパレード……だったこと。

報告書を一瞥した谷村は、社内風紀の紊乱状態に呆れてしまった。もっとも谷村自身も女性社員とのことでは人前で言い訳はできなかった。調査を命じた大屋に至っては、まさに人のことが言える立場ではなかった。

「入ってくれ。待っていた」

帝国ホテル八階のスイートルームを、谷村が午後八時にドアをノックすると、バスローブ姿の大屋が出迎えた。中へ招き入れられた谷村は、室内の香水の匂いに鼻をうごめかせた。谷村が来るまで、大屋は女と一緒だったのだろう。あるいはまだ、部屋のどこかに、香水の元凶が隠れているのかもしれなかった。

興信所の報告書を、社内で受け渡しするわけにはいかないし、料理屋でも、どこに他人の眼……があるかわからないからと、ホテルの部屋を指定したのは大屋だった。それにかこつけて、谷村が現れるまで、女と楽しんでいたものに違いなかった。

「みなさんご盛んです」

二二人分の調査報告書を、応接セットのテーブルに積み上げると、壮観だった。

部屋にノックがした。

「ちょっと待ってくれ」

大屋がドアを開くと、ルームサービスだった。ボーイがテーブルに白のワインと、造りに寿司を二人前並べた。

「飲みながら話そう」

「これなんか、芸術的な調査ですよ。こんな写真まであったんじゃ、どうにも言い逃れようがありません。副社長も気をつけた方がいいですね」

谷村は大屋の前に飯島常務の調査報告書を開いた。報告書には飯島と若い女が、腕を組んで高級ホテルのロビーを入っていく写真が、貼付してあった。そしてお目当ての行為が終わって、部屋から出てくる写真も……。

「相手の女は？」

「裏にそれぞれの名前が書いてありますが、経理部の鈴木洋子《すずきようこ》です。このペアは長く続いているようですね」

「社内不倫か。それにしてもみんな手近な、すぐに手の届くところから調達していたというんじゃ、甲斐性のないやつばかりだな」

「技術系の岩本常務など、三人も不倫相手がいますね。たいした発展家です」

谷村は骨っぽい岩本の顔を思い浮かべた。

岩本はどう見てもさえない中年男なのに、女性社員を引きつける魅力が、どこにあるのだろうかと、首をひねった。

「不倫というだけなら、考えようで大人の仕業ですから、どうということはありませんが、彼らにとっては致命的な問題が、実はあるんです」

谷村が渋面で切り出した。

「どういうこと？」

「こういうときの食事代やホテル代に、交際費を使っているんです」

「けどそんな金額なんか、たかが知れているじゃないか」

なにが問題だというように、大屋が首をひねった。自分が交際費をふんだんに使っているせいか、こういうことになると大屋の感受性は、単に鈍いという程度をこえていた。もうすこし金銭的なことに注意をしないと、大屋はいずれ墓穴を掘るかもしれない危険があった。

「多いとか少ないとかじゃないんです。プライベートなことに会社の交際費を使ったら、着服したとみなされ、横領罪に問われかねませんよ」

「それはいいことを聞いた」

凄味のある笑いを浮かべ、大屋がうまそうに白ワインを口に含んだ。

大屋が報告書をどう使うのか、谷村はあえて聞かなかったが、狙いがわかったのは、四月に入ってすぐ〈澤田〉寿司店へ、大屋に連れられて行ったときだった。

「待たせたかな」

カウンター席に座っていた、経理担当の飯島常務の肩を、すこし遅れて着いた大屋が軽くたたいた。

「とんでもありません。ほんのすこし前に着いたところです」

「谷村君と打ち合わせをしていたんで、一緒に来たよ。構わないね」

「もちろんです」

飯島がなにかあるのかと、谷村を探るような眼で見た。

「飯島常務にはちょっと前に、ずいぶんお世話になりました」

カウンター席で谷村と飯島が、大屋を真ん中に挟んで座った。谷村はわざとらしく飯島に頭を下げた。

「なんのことだろう？」

飯島が眉を上げて谷村を見た。

「民営化された直後に、広報予算が多過ぎるって、当時の村井常務の了解が得られないことがありました。あのとき四分割するようにと、飯島常務から知恵を授けられまして、無事に予算が了承されたんです。感謝しております」

「そんなこともあったね」

飯島は面白くもなさそうに、ワイングラスを口に運んだ。

谷村が北京へ飛ばされたのは、飯島が村井に讒言《ざんげん》したのが原因だと、大屋から聞いていたから、どう反応するかとわざと話題に出したのだったが、飯島はとぼけて、蛙のつらになんとかだった。

大屋が飯島と飲むのは、これといった目的があったわけではなさそうで、このところニッポン郵信株式の株価の動きが鈍いとか、今年の冬は寒いぞなどと、話題はほとんど雑談だった。

これではなんのために、飯島と飲む席に同席させられたのか、谷村には理解できなかった。もっともドライな白のワインと、最高の寿司を大屋に奢られているのだから、文句を言う筋ではなかった。

それにしても飯島は相当な酒好きで、グラスを満たしたワインを、眼を細めて豪快に飲んでいた。

「酒もうまいが、寿司の方はどうかね」

聞いた大屋の声は、酔ってはいなかった。

「澤田の寿司に文句を言ったら、バチがあたりますよ」

「その代わり、値段も相当なものだがね」

「常務のわたしでも、自腹では滅多に入れる店ではありません」

「気に入ったのなら、自由に使っていいよ。勘定はわたしに回してくれればいいんだから」

大屋はもういつものセリフで、さっそく多数派工作をはじめていた。

「それは恐縮です」

「そうだね。君がお気に入りの鈴木洋子。洋子ちゃんという女子社員を、連れてきてやったらどうかね。電話をしてやれば、きっと喜ぶよ」

大屋が酷薄という感じの品のない笑いを浮かべて、飯島の顔を覗き込んだ。飯島の細い眼がまぶしそうだった。

これか……。

谷村は大屋の深謀遠慮に舌を巻いた。大屋はあの報告書を、最大限に利用する考えに違いなかった。そしてその使い方を、今夜谷村に見せつけるために、飯島と一緒に飲ませた――

「かみさんや娘さんにはなにも言わんから、心配することはないよ」

大屋が飯島の背中を軽く叩いた。首筋を強張らせた飯島は、大屋にうなずくことすらできなかった。

第五章　椅子の呪い

1

五月第二週の金曜日。午後四時。

成田空港に降り立った、ニッポン郵信二代目社長の村井隆一は、長い廊下を出口に向かいながら、体にまといついた春の匂いに、わずか一〇日ばかり日本を留守にしただけだったが、いい季節になったなと実感した。

村井はゴールデンウイークを利用して、夫婦そろって一人娘が暮らしている、アメリカ合衆国カリフォルニア州の、サクラメントを訪れ、妻を残して一人で帰国したところだった。これから夏に向けて、日本は春が本格化する季節だったが、サクラメントの暑さに較べれば、涼しく爽やかで快適だった。

税関を抜けて到着ロビーに出た村井は、変だなと首をひねった。出迎えに来ているはずの、秘書の姿が見えなかった。もちろん到着時間は伝えてあるし、予定通りにジャンボ機も着いていたから、秘書がいないというのはおかしかった。

途中で迎えの車に、事故でもあったのではないかと、そんな不安が湧いたとき、思わぬ人物の登場に眼をみはった。

「なにか緊急事態でも起きたのか」

村井は不安を覚えて思わず聞いた。

「なにもありませんが、ちょっとお話をしたいことがありましてネ、わたしがお迎えにきました」

大柄で骨張った、ちょっぴり貴族風な顔つきの副社長大屋守が、小太りな村井を見下ろして言った。

「わたしの秘書の原田《はらだ》君はどうしたんだ。それに車はあるんだろうな」

どうして大屋が目の前に立っているのか、村井には事情が飲みこめなかった。

「わたしの車で恐縮ですが、会社までご一緒してください」

村井には、大屋の角張った顔がばかに緊張しているようで気になった。他人の耳があるところでは、うっかり話せないということは、なにか重大な問題が発生したからではないのか。

村井は不安を押さえこみながら、車に向かう大屋に続いた。

「お疲れになったでしょう」

プレジデントの後部座席に、腰を揃えて座った大屋が、運転席と客席との間にある、防音ガラスの仕切りを上げて言った。大屋が運転手に、話を聞かれるのを警戒している……となると、やはりただごとではない。

「そうでもないが、なにか緊急の用件なのかね」

車に乗るまでは、話があると自分から言っていながら、なかなか本題に入ろうとしない大屋に、村井がいらだって聞いた。

村井が社長になって、二年間の一期目が終わろうとしていたが、いまはナビゲート社事件で、まだちぢこまっているしかなかったから、思い切った方針を打ち出せないでいた。本来なら二期目を迎えるに当たり、まず気に食わない役員を辞めさせて、思いきって若手役員を登用したいと、村井はずっと考えていた。

だがナビゲート社事件の後遺症は想像以上に大きく、後始末に追われて、ゆっくり人事構想を練る暇もなかった。

いまもし、退任させたい役員名をあげろと言われたら、隣のシートに大きな顔で座っている大屋など、最初に出てくる名前だった。大屋の話し方はいつも勿体ぶっていて、人を見下すようで、村井はずっと気に入らなかった。

村井は役員の人事権を握っている社長なのだから、「君には任期満了をもって再任は求めないよ」と、一言宣告すればいいだけなのに、面と向かうとどうにも勇気が湧いてこなかった。大屋のふてぶてしい太い骨格の顔に、なぜか恐怖感を覚えるからだった。

社長になっても、この小心さだけは直らないなと、村井は自分でも苦々しく思っていた。

「お疲れのところを申し訳ありませんが、二人だけで話がしたかったものですから、わたしがお迎えにきました」

「それで、話というのは？」

「ええ。今期限りでどうでしょう。社長を辞めていただきたいのです」

大屋が体を横にねじって、村井の横顔を覗きこみ、迫力のある大きな眼が、威圧的に村井に迫ってきた。

「なんだと？……」

村井は大屋の言葉が、とっさには理解できなかった。社長を辞めろとは、副社長なのに大屋はなにを血迷ったのか？……。

「社長を退任して、会長になっていただきたいのです」

「それはわたしが自分で決めることだ。君にとやかく言われる筋合いはない」

「ですからご自分で、辞めるとお決めいただきたいのです。そう言っているでしょう」

大屋が執拗に迫ってきて、こいつはクーデターを起こそうと考えているのかと、村井はやっと理解した。

「どういうつもりで言っているのか知らないが、逆なんだよ。君には六月の任期満了で、取締役を辞めてもらうよ。いいね」

決定的な言葉が、こんなに簡単に口から出てくるのだったら、もっと早く大屋に、宣告しておくのだったと、村井は自分の小心さを笑った。だがこの一言で、目障りな大屋は、自分の前から消えていく……。

「社長に代表取締役を辞めていただきたいというのは、わたし一人の希望ではなく、社長を除く二二人の全役員の総意なんです」

大屋が言って、頬に不細工な笑いを浮かべた。

「ふざけたことを言うんじゃない。総意かなにか知らないが、そんなものが認められると思っているのか」

「残念ですが、みずから辞任していただけないと、社長を解任しなければならなくなりますよ」

口調は変わらなかったが、大屋の底光りする眼の光に、背筋が冷たくなった。だが相手に勝手なことを言わせておいてはならないと、村井は大屋を睨み返した。

「馬鹿を言っちゃいかん。なんで社長が下の者に、解任されなきゃならないんだ」

村井は大屋を、怒鳴りつけるつもりで口を開いたが、どこかに怯えがある証拠に、かすれ気味な声しか出せなかった。

「人心一新のために、社長に辞めてもらうしかないんです」

「おかしなことを言うね。わたしは社長になってまだ一期しかたっていない。人心一新もなにもないはずだぞ」

「そうはいきません。あなたが社長になってから、ナビゲート社事件で、三人もの逮捕者が出ました。全員が技術系です。綱紀粛正のためにも、社長交代が必要です」

「待ってくれ。ナビゲート社事件はわたしの責任じゃない。中沢会長が社長時代の……」

「たとえそうでも、逮捕者を出したときの社長は、あなたですよ村井さん」

大屋が今にも摑みかかってきそうに、上から見下ろして言った。

「君に言われたからといって、辞める気持ちはないね」

それでも懸命に言い返した声が、こんどは震えていた。

「代表権のついた会長ということで、社長になるわたしを、サポートしてほしいんです」

「とうとう本性を現したな。君の野望を満たすために、わたしが辞めるわけにはいかないじゃないか」

「会長室が空いているし、収まりはいいはずですよ」

「君の言いなりにはならない！」

「そうですか……。お辞めにならないなら、仕方ありませんね。月曜日に開かれる定例役員会で、社長を解任することになりますよ。その場合はもう、会長にというわけにはいきませんが、いいんですね」

大屋の口調は自信たっぷりだった。

この大屋の自信は、いったいどこから来るのだろうか？……。村井が日本を留守にしている間に、何らかの名分をでっち上げて、役員の多数派工作を完了し、村井に引導を渡すために、出迎えに来たとしか思えなかった。だが役員は事務系だけではなく技術系の出身者もいる。事務系の大屋が、それほど簡単に、技術系の役員を、味方につけられるはずがなかった。

大屋ははったりをかましている……としか、村井には思えなかった。

「念のため、わたしを解任しようとする理由を聞いておこうか」

「ナビゲート社事件以来、ニッポン郵信は活気を失っています。社長を含めて、役員の若返りが必要なんです」

「それを言うのなら、君にだって副社長だった責任があるだろう。わたしを解任する理由にはならないよ」

「全役員が、村井社長ではニッポン郵信を、活性化できないと考えているんです。社長の器ではないあなたが、いつまでも居座っていると、中沢会長という後ろ楯があるときならともかく、ニッポン郵信は停滞していくばかりです。だから辞めてもらうんですよ」

大屋が最後の言葉に力を入れた。

こんなやつに脅かされてたまるかと、村井も腹では反発してみたが、なにか言えば恐怖で声が震えそうで、口をつぐんでしまうのだった。

道が混んでいて、成田から二時間もかかって車が霞が関のインターチェンジで、やっと首都高速を下りた。午後六時だった。

村井は勇を鼓《こ》して、運転席との間の仕切りガラスを叩いた。

「なんでしょうか」

仕切りガラスが下りて、運転手が首をねじった。

「そこで降ろしてくれ」

「え?……。会社に行かれないのですか」

運転手が二人の方へ体を向けて聞いた。大屋も村井の行動に呆気にとられ、口を開けてぽんやりしていた。

「言われたとおりにしたまえ。車を止めなさい」

重ねて村井に叱責され、スピードを落とした車が、道路脇で止まった。村井は右側のドアを開いて、素早く車から下りた。

「トランクの荷物はどうされるんですか」

運転手が聞いた。

「君が会社へ届けておいてくれ」

村井はそれだけ言って、車から逃げるように離れた。大屋と一緒にいると、威圧感に負けて、社長を辞めますと無意識に口にしてしまいそうだった。

状況を正確に把握しなければならないと、村井は焦った。場所は虎《とら》の門《もん》に近い。会社までは歩いても行けそうだった。大屋があれだけの自信をちらつかせて言うからには、なにがあったかわからないが、当然仕掛けがあるはずだった。過半数の役員を味方につけたと、考えなければならない。月曜日までのわずかな時間で、果たして巻き返せるかどうかである。

傲慢な大屋の、思いどおりにさせるわけにはいかないと思った。副社長が社長に反旗を翻し、クーデターを起こすなど、許せることではなかった。すぐにでも多数派工作をしなければならない。かといって、すでに敵地になっているのかもしれない会社へ、一人でのこのこ姿を見せるのは、愚の骨頂だった。

だが出社しないわけにもいかなかった。

大屋たちが社長室へ押しかけてきて、村井を監禁同様にして、辞任届けに、署名捺印をさせられるかもしれないと思った。拒否したら、暴力を振るわれる恐れがある。

そう考えると単身の出社はできないなと思った。

やっとタクシーを拾い、村井が世田谷区上馬《かみうま》の、自宅マンションに辿り着いたのは、午後八時に近かった。この時間だと、役員たちはもう退社してしまったかどうか。何人かの取締役の自宅に電話をしたら、そのうちの誰かと連絡が取れるかもしれなかった。まずそれを確かめておこうと、村井は応接室の電話を取った。

「あ、社長……。いつお帰りになったんですか」

数少ない村井側近岩本貞夫常務の、いつもと変わらない屈託のない返事に、村井はほっと安堵を覚えた。

「いま家に着いたところだよ。変わったことはなかったかね」

「え、ええ……。社長がお辞めになるというんで、みんなびっくりしていますよ」

「わたしが辞める?……。誰がそんなことを言っているんだ」

「誰って、大屋副社長ですけど」

「わたしは辞めるつもりなんて、まったくないよ」

「それはしかし……」

岩本が当惑した声になった。

「しかしなんだ」

村井が詰問した。

「もう、決まったことですから……」

「なんだと。誰が決めたって言うんだ」

「ですから大屋副社長です」

やはり大屋は根回しをしていたんだと、村井は会社へ行かずに、自宅に戻って良かったと思った。

「大屋君にはさっき成田で会ったから、六月の改選期に辞めてもらうときっぱり言い渡した。

彼にはもう、なんの力もないよ」

「ですが……。お辞めにならないと、社長を解任されてしまいますよ」

　岩本の口調が、すこし開き直ったように変わり、村井は頬を歪めた。

「すると大屋は、役員会でぼくの解任動議を出すってわけか。そんなものが万に一つも通ると思っているのかね」

「多数決ですからね……。副社長がそう言っていました」

「彼がもしそんな動議を出したら、君はもちろん反対するんだろうな」

「残念ですが、ご期待に添うことはできません」

「なぜだ。君はわたしの側近だったじゃないか」

　これまで岩本は、村井の言いなりだっただけに、あまりの態度の急変に、村井の表情が歪んだ。

「なぜと言われましても、大勢がそういうことですから、もうどうしようもありません」

「六月の株主総会後の役員会で、君の昇格を考えていたんだがな。わたしがいま解任されたら、それができなくなるぞ」

　露骨な駆け引きである。

「もういいです。どうぞよろしいように」

　村井の言葉を最後まで聞かずに、岩本は電話を切った。

大屋は岩本を、どうやって取りこんだのだろうかと、頭が混乱してきた。

誰も彼も、大屋に籠絡《ろうらく》されてしまったのだろうかとつぶやき、こんどは去年の六月、役員に引き上げてやった子飼いの田崎浩二に、村井は電話をした。

「大屋副社長がいろいろと画策しているらしいが、どういう状況になっているんだ」

自宅にいるのは村井一人で、他人の耳があるわけではなかったが、首をすくめて低い声で聞いた。

「わたしにはお答えのしようがありません」

突き返す田崎の返事。

「どうしてだ。大屋が君にいろいろとうまいことを言って、味方になるように求めただろう。わかっているよ」

「なんのことでしょうか。社長が言われていることは、わたしには理解できません」

「まさか君は、大屋のクーデターに、ついていく気じゃないだろうな」

思わず声が大きくなった。しかし喉でくぐもっていて、言葉にならなかった。

「わたしがいま社長にお味方してみても、もうどうこうなるという状況ではありません。穏便に会長になられるのが、社長のためだと思います」

「君は……」

「申し訳ありませんが、電話を切らせていただきます」

田崎も勝手に電話を切ってしまった。子飼いだと思って眼をかけてきてやったのに、完全に大屋に籠絡されていた。

組合対策の名手と言われるくらいだったから、大屋は策謀家だと知ってはいたが、短時日に役員を一人残らず、がんじがらめに縛り上げるところまでの、権謀術数を駆使しているとは思わなかった。この調子ではとうに、役員全員の根回しが、終わっているに違いなかった。かといって社長の自分が解任されるのを、指を咥えて黙っているわけにはいかなかった。

月曜日の定例役員会まで、残された日数は今日を入れてわずか三日。その間に、どれだけの多数派工作ができるだろうか……。

電話の調子では、岩本と田崎はすでに大屋に走っている。だがあの二人でさえ大屋についてしまったということは、ほかの連中は言わずもがなだと思えた。

大屋はどうして、おれを成田まで出迎えて、車の中で突然辞任を求めたのだろうかと、村井は不審を覚えた。解任するだけだったら、予告などする必要はないはずで、役員会の当日に緊急提案をして、採決を強行。問答無用で解任してしまえばいいのである。

「なぜだ！」

役員会で一方的に採決、そして解任されて、迷《めい》……文句を残して去った、名門百貨店の社長のケースも、当の社長は役員達の不穏な動きさえ、事前にはまったくつかんでいなかったのだという。あの剛腕社長が、前もって辞任を求められていたら、きっと激しく巻き返しに出て、解任は実現しなかったに違いなかった。

どんな会社でも、絶対権力者の社長を解任するには、隠密裡に多数派工作を進めなければ、首謀者は間違いなく潰される。当の権力者には寝耳に水のスピードで、役員会で一気に勝負をつけるのが、クーデターの常套手段にほかならなかった。

にもかかわらず大屋は、正々堂々と言うべきか、迎えにきて村井に辞任を求めた。抜けているのか、それとも……。

ほかに別な考えがあるのだろうか。大屋のことだったから、深い読みがあっての辞任要求に違いなかった。

もしそうだとすると、郵政族議員や郵政省には、とうに用意周到な根回しが、なされていると考えなければならない。さらに役員の圧倒的多数……というより、岩本や田崎さえ大屋に走ったくらいだったから、全員が村井に、社長の辞任を求めていると考えなければならなかった。

だとしたら、これから巻き返しを図っても村井に、勝ち目はなかった。

会長にも代表権がついているとは言っても、会長と社長とでは社内での力が違っていた。取締役会の議長は社長であって、会長ではない。そして役員の人事権は社長が掌握している。たとえ会長でも、改選期に社長から取締役の再任を認められなかったら、それで経営者としての人生は一巻の終わりだった。

「君はわたしの味方だよね」

村井は役員一人ひとりに電話をかけつづけた。月曜日まで時間がなかったし、巻き返しの多数派工作をするのに、電話攻勢しか頭に浮かばない自分が恨めしかった。

「もうなにをされても遅いですよ」

「これからは会長として、大所高所から、ニッポン郵信を眺められたらいかがですか」

役員達から戻ってきた返事は、すべて村井に冷たかった。村井にたいする返事まで、すでに打ち合せができてしまっている。日本を離れていた十日間に、大屋はなんと言って二二人の取締役を、一連の綱で縛り上げてしまったのか。

負けたな……。

一時間もダイヤルを回しつづけて、村井はもう打つ手がないことを悟った。この上あくまで戦えば、大屋の言うように、会長に就任することもできずに、六月の任期で退任を余儀なくされるかもしれなかった。そんな恐怖と、電話をかけまくった疲労で、村井はリビングのソファに、ぐったりと背中をもたせかけた。

玄関のチャイムが鳴った。

出る気力も湧かず放っておいた。だがチャイムはしつこく何度も鳴りつづけた。

こんなときに誰だろうと、村井はのそのそと起き上がり、玄関を開いた。

「お預かりした旅行鞄をお届けにまいりました」

なんと長身の大屋が、村井の目の前に立っていた。その後ろに谷村。谷村は村井がアメリカ旅行から持ち帰った旅行鞄を、重そうに下げている。

そうかとつぶやく。要するにこいつがシナリオを書いて、大屋の仕掛けが、はりめぐらされている――

大屋に強く求められて、谷村を北京から引き戻したのは失敗だった。こんなことなら、サハラ砂漠のど真ん中へでも、放り出しておけばよかったのである。たしかアルジェリアには、ニッポン郵信の駐在員事務所があったはずだった。

そう思ったが、手遅れは否めなかった。

2

大屋社長の誕生に貢献した谷村は、自分から望んだわけではなかったが、ニッポン郵信東京支店長に抜擢された。月並みな抜擢という言葉に、〝大〟という文字がいくつもついた、まさに大抜擢だった。

以前から東京支店長は役員ポストだった。そして歴代支店長は、二年もすれば常務に昇格し、本社の中枢部門に栄転していた。東京支店長の椅子は、経営幹部への道が約束された、文字通りのエリートポスト。重要なポストであった。

だが谷村は、弱冠四六歳。

ニッポン郵信の最年少役員は、出世が早かった技術系出身の船橋明《ふなばしあきら》でさえ、五二歳だったから、谷村が東京支店長に就いたのは、異例中の異例にほかならなかった。

四六歳の谷村が、従業員数三千人という巨大支店の、トップになったのである。秘書畑が長かった谷村は、なんとかして一度は、営業を経験したいと思っていたから、東京支店長のポストは願ったりかなったりで、張り切らないわけがなかった。

だから日常業務に追われて、駆けずり回っているうちに、いつの間にか五年が経ち、谷村も五〇の坂をこえていた。

「ちょっと知恵を貸してほしいんだが、しばらくぶりに一杯やらないか」

社長になって、あっさり三期目に入ろうとしている大屋から、珍しく誘いの電話がかかってきたのは、一月半ば、底冷えのする寒い日だった。大屋の声の調子がおかしかった。なにかトラブルが起きたなと、谷村は直観した。

またそのための裏工作をさせるつもりか……と、谷村はちょっと憂鬱になった。

そうでなければ、役員から職員までの人事権を完全に掌握し、従業員数がすこし減っていたが、なお二五万人もの巨大企業に君臨する大屋社長から、直接夜の席へ誘いの電話が、かかってくるはずがなかった。大屋は社長になると、自分の思い通りにならない役員を次々に放逐し、ニッポン郵信の絶対権力者になっていた。

「目障りになったんだろうな」

常に正論を口にして、はばからなかった小塚は、常務を最後に、郵信モバイルの社長に転じていた。郵信モバイルはいわゆる移動体電話、つまり携帯電話や自動車電話、船舶電話などの分野を、ニッポン郵信から分離して設立した、新会社だった。

携帯電話が時流に乗り、日の出の勢いで成長を続けていて、小塚にとってはニッポン郵信に残っているより、郵信モバイルの社長の方が、よほどやりがいのある仕事に違いなかった。

もっとも小塚がいなくなってから、ニッポン郵信の役員は、例外なく宮崎のような、大屋の〝太鼓持ち〟になっていて、人間的に魅力がある役員は皆無だった。いまや大屋に対して面と向かって耳の痛いことを言える者は、ニッポン郵信の社内にはいなくなってしまっていた。

「まずいことになってな。郵政族の大ボスの、坂本龍一郎先生が、おかんむりなんだよ」

料亭〈花村〉の奥まった座敷で、大屋がため息まじりに切り出した。

「坂本先生の逆鱗に触れるようなことが、なにかあったのですか」

大屋には似合わない暗い顔が、谷村は気になった。

「福岡でな、ちょっとぶち上げたら、それがストレートに坂本先生の耳に入ってしまったんだ」

ああ、あれかと、谷村にはすぐピンときた。

出張で福岡支社へ行った大屋が、地元の経済団体に求められて講演をしたおりに、つい口を滑らせたのだった。

「ニッポン郵信の分割は考えていません」

これだけならまだしも、自分の眼が黒いうちは、絶対に分割はしないと、福岡支社の幹部を前に、大見得を切ったことまで、地元の新聞に書かれたのだった。

社内はもちろん分割反対だったから、大屋社長の宣言を、役員だけではなく労働組合も歓迎した。だがそれが、国会議員、それも郵政族のボス坂本龍一郎の耳に入ったとなったら、話は別だった。

「わたくしが社長になりましたら、かねてからのお約束を実行いたします」

村井を社長の椅子から追い落とす際の、郵政族を説得するのに、大屋は坂本龍一郎を赤坂の料亭で接待して確約した。もちろん手土産つきである。上座に座った坂本の前へ、大屋はこれ以上は体を低くできないというほどに平身低頭し、大型のクラフトの封筒を差し出した。

その姿を谷村は、後ろに控えて大屋同様に体を低くして見ていたが、これほどまでに人間は、低く這いつくばっていても、体を動かせるものかと、変なことに感心していた。前さばきがうまいというか、人に取り入るのが得意な大屋の、特技かもしれなかった。

あの席で大屋は、五年以内にニッポン郵信を分割すると、坂本にはっきりと約束したのだったが、あとは知らん顔。分割についてはなにもやらなかったのである。だから福岡で大屋が、改めて分割反対を宣言したとなると、約束は反故《ほご》にしたよと宣言したも同然で、坂本の怒りが簡単に収まるはずがなかった。

「それは怒るでしょうね。謝罪には行ったんですか」

「激怒されていると聞いて、すぐ事務所へ飛んで行ったんだが、もう会ってくれないんだよ。郵政族にも頼んで仲介してもらったが、それでも駄目なんだ」

「じゃ郵政族に、ずいぶんむしり取られたでしょう」

力のない郵政族の陣笠議員に、大男の大屋が頭を下げて回っている、みっともない姿が眼に浮かんだ。

大屋は以前から、政治家は金でなんとでもなると豪語していたが、ニッポン郵信の社長風情が、海千山千の政治家を相手にして、裏技で太刀打ちできるはずがなかった。ニッポン郵信の社長という最高ポストと、巨額の裏金を手にした大屋の奢りが、みずからを窮地に追いこんだものに、ほかならなかった。

「わかるか。なんだかんだと三ツばかり使ったが、なしのつぶてなんだ。坂本先生に面会する方法はないだろうかね」

「会うだけならどうにかなるでしょう」

「え、本当か！」

大屋が眼をみはった。

「面会を取り付けることはできますが、謝罪は社長でなければできません」

「もちろんだ。手土産は別枠でお持ちする。君の方の工作で、資金は必要ないのか」

「ま、いくらかあれば有難いですね」

「わかった」

「その代わりと言ってはなんですが、お願いがあるんです」

谷村は顔にすこし血の気が浮いてきた大屋を、真っ直ぐ見つめた。

「骨を折ってくれるんなら、たいていのことは聞くよ」

「東京支店長になって五年目に入ります」

「ポストは考える」

こういうことになると、大屋の勘は鋭く働くのだった。

大屋は人事権こそが、社長の権力を維持する最大の武器とばかり、役員はおろか部長、課長、さらには管理職になったばかりの、課長補佐の人事にまで精通していた。だから谷村が、いまなにを求めているのか、最後まで聞かなくとも、すぐに理解してしまう。

「約束していただけるのですね」

「六月の株主総会で、君を新任役員に選任するよ」

「東京支店長のままですか」

「役員就任と同時に、東京支社長ということでどうかね」

「いまの支社社長は常務ですが」

大屋がどこまで谷村を処遇するつもりなのか、しっかり確認しておきたかった。たとえ守られるかどうかわからない口約束でも、ないよりある方がいいに決まっていた。

「おれが社長を続けている間に、君を常務まで引き上げるよ。それでどうだ」

「あとは実力と運次第ということですね」

「そういうことさ」

大屋が上機嫌で言った。

「郵政族の大ボスを怒らせたままでは、四期目がやりづらくなる。いまのうちに怒りを解いておきたいんだ」

大屋はいま六六歳で、年齢的には若いとは言えないが、まだ社長を引退するには早かった。中沢が郵信公社の総裁になったのは七一歳のときで、民営化されたニッポン郵信の社長を辞めて、会長になったのは七七歳だった。

それに較べれば大屋はまだ若いし、仮りに七〇歳まで社長をやったとしても、あと二期四年は権力の座に坐っていられる。その大屋に貸しを作っておくことは、損ではなかった。

大屋の依頼を受けた谷村は、報道担当の当時、懇意にした大手新聞の記者で、いまは退職して政治評論家になっている、坂本と親しい鈴木《すずき》真一《しんいち》に仲介を依頼した。狙いは当たって、坂本は評論家同席のもとでならと、渋々大屋に会うことを承諾した。

だが大屋が坂本に会えたのは、一年で一番寒い時期だった。

「いったい、どうなっているの」

坂本がいきなり、骸骨より冷ややかな言葉を大屋に浴びせた。スポーツマンの割には、のっぺりした坂本の顔は、テレビで見るときと同じで起伏に乏しく、細い眼の奥で感情を尖らせているのが、谷村には読み取れた。

赤坂の料亭の奥座敷で、床の間を背にした坂本の前で、相変らず大屋は体を二つに折って平伏していた。その隣に政治評論家が所在なさそうに座っていて、同行した谷村は、部屋の隅で畏まっている。

「大変なご迷惑をおかけいたしまして、お詫びの言葉もございません」

これ以上は平たくなれないというほど、大屋が畳にはいつくばった。得意の平身低頭策だったが、坂本は気持ちを動かされた様子もなく、黙って冷たい眼で大屋を見下ろしていた。

「社内向けの発言でございまして、わたくしの本心ではございません」

大屋が懸命に言い募った。その大屋の頭から、湯気が出ているように見えた。粘ったような重い空気が部屋に充満し、谷村は息苦しくなってきた。

だが大屋の懇請にもかかわらず、坂本は一言も喋らず、大屋を眺め下しているだけだった。

「お約束どおり、ニッポン郵信を分割いたしますので、お許しください」

大屋が声を震わせたが、それでも坂本は無言だった。

「大屋社長がこうまで言っているのですから、耳を貸してやってください」

見かねて評論家の鈴木が、助け船を出した。

「分割をしてから、来るべきだな」

坂本が大屋を無視して、やっと鈴木に言った。

「それが筋ではありますが、こうして頭を下げているんですから、では大屋社長はどうすべきなのかを、示唆してやってもらえませんか」

坂本をなんとか話し合いのテーブルに乗せようと、鈴木が粘った。

「この方は、政治家をなんと思っているのだろうね」

坂本が独特の言い回しをして、細い眼を大屋に向けた。大屋はますます体を畳に密着していた。

「先生のおっしゃるとおりにいたしますので、どうかお許しください」

大屋が泣きそうな声で言った。

「五年で分割するという、約束だったのではないかな」

坂本がやっと大屋に話しかけた。

「社員が二五万人おりますので、社内調整に手間取っております」

「その言葉は、耳にタコができるほど聞いている。それでどうするの？」

坂本がパイプにタバコを差し込んで、火を付けた。タバコを吸っている間も、坂本の爬虫類のような細い眼は、片時も大屋から離れなかった。

「三分割いたします」

平伏したまま大屋が声を絞り出した。

「で……。具体的にはどうなるの」

「ニッポン郵信を東日本と西日本に、さらに国際部門を切り離して、地域的に三分割いたします」

「それはいい考えですな。しかしもう一つ、あなたは約束をしておられる」

坂本の視線が一段と鋭くなった。

大屋は分割以外に、いったいなにを約束したというのか。坂本の怒りは、分割よりもう一つの約束が実行されないことへ、向けられているように谷村には思えた。

「県会議員のことでしょうか」

「わかっているじゃないの」

「すぐにやめさせます」

「労働組合は納得したの」

「説得いたします」

「ということは、まだやっていない……」

再び坂本の眼がつり上がった。

そういうことかと、谷村の疑問が一挙に氷解した。坂本が躍起になって、大屋を責めるはずだった。

全郵信労組は、各地で何人もの組合員を、県会議員に当選させていた。組合が選挙応援をして、組合員を当選させているだけなら、なんら問題はないはずだったが、坂本がめくじらを立てているのは、ほかに理由があったからだった。

公務員でも会社員でも、選挙に立候補する場合は現職を一度退職する。だがニッポン郵信は、公社時代からの慣例で、社員の身分のまま立候補を認めてきた。これなら落選しても、元の職場に戻れるのである。この仕組では組合員に、どんどん立候補しろと、会社が推奨しているようなものだった。

そして組合となれば、所属政党は革新陣営なのだったから与党の大物で郵政族のボスの坂本が、組合議員を標的にするのは当然だった。

そこで出てきた案が、会社の分割で、組合も分割させて、弱体化を図る……ということ。与党政治家の考えそうなことだった。

「早急に組合の了解を取りつけます」

「わたしはあなたを、信用していないのだよ。ウソばかり言うからね。逮捕された中沢会長といいあなたといい、ニッポン郵信のトップは、歴代大ウソつきなのだろうか」

坂本に強烈な皮肉を浴びせられ、大柄な大屋が体をちぢこめた。

「そうではございません。かならず実行いたしますので、お怒りをお解きください」

「かならず実行するのですね」

「お約束いたします」

「それならいいでしょう。しかしあなたの福岡での発言を聞いて、わたしどもの同志が怒っています。謝られただけでは同志が納得しません」

「みなさんのお怒りを解くには、どうすればよろしいのでしょうか」

聞いた大屋の声が、不安に満ちていた。

「筋をとおして、きちんと責任を取ったら、いかがだろうか」

「まさか……。社長を辞めろと、おっしゃるのですか」

「受け止め方はいろいろとあるでしょうな」

坂本が大屋の質問を無視して、パイプに新しいタバコを差し入れて咥えた。

「今度だけ、お許しください」

「わたしは同じことを、何度も言わない主義なのでね」

横を向いてタバコを吸う坂本の顔は、取りつくシマがなかった。

二人の話を聞いていて谷村は、社長を退任しろという坂本の要求を、大屋は受け入れるしかないだろうなと思った。もし大屋が退任を拒否したら、ニッポン郵信は郵政族に、寄ってたかっていじめ抜かれるに違いない。民間企業になったとはいえ、政府はいぜんとして大株主だったし、相変らず郵政省がさまざまな許認可権を握っていたから、その気になればいくらでも、ニッポン郵信を締めつけることができた。

だから大屋の立場では、郵政族の大ボスの坂本には、逆らいようがなかったのである。

「会長という線もあると、考えたらどうですかな大屋さん」

黙ってやり取りを聞いていた評論家の鈴木が、もういいだろうと言うように、大屋に譲歩を求めた。

「……わかりました」

うなだれた大屋が、聞き取りにくい声で返事をした。

「後任が決まったら、連絡をしてもらいましょう」

坂本の顔にやっと笑みが浮かんだ。

「六月の任期満了で社長を退陣し、会長に退くということで、よしなにお取り計らいをお願い申し上げます」

体を起こしていた大屋が、再び平身低頭した。

「分割と県会議員の問題も含めて、今日の件は預かりましょう。そして結果を出していただこうか」

坂本が念を押すように言って立ち上がった。大屋が辞を低くして、クラフト紙の大型封筒に入れた札束を、恭《うやうや》しく差し出した。坂本が小さくうなずき、秘書に目配せをして座敷を出ていった。

ニッポン郵信社長室の、窓際に立った大屋守は、無念な思いで戸外を眺めた。

昨夜半から降り続いた雪で、社長室から見える日比谷公園は、墨絵のように雪化粧をしていた。東北で生まれ育った大屋は、雪景色が嫌いではなかったが、意気消沈したいまの胸には、寒さだけが伝わってきた。

「お呼びですか」

肩幅の広いがっしりタイプの神山太一郎が、社長室へ入ってきて、上眼で大屋をうかがうように見上げた。

「座って話そう」

中央の応接ソファで向かい合い、四角くて肉の厚い神山の顔を、大屋はじっくりと観察した。

不満はあるが、この男しかいなかった。神山なら、大屋を蔑《ないがし》ろにすることはないはずだった。

「君に心しておいてもらいたいことができた。しかしわたしがいいと言うまで、このことは自分だけの胸に納めておいてもらいたい。他言無用ということだ」

「なんでしょうか」

神山が真っ直ぐ大屋を見つめた。

「六月の株主総会を最後に、わたしは社長を辞める。あとを君にやってもらいたい」

「えっ!」

神山が眼をみはり、次に弾かれたように立ち上がって深く最敬礼をした。

「ありがとうございます」

「わたしは会長として、君をサポートすることになる。それでいいな」

「心強いかぎりですが、村井会長は大丈夫でしょうか」

村井は神山を毛嫌いしていたから、社長昇格に待ったをかけはしないかと、神山は心配なのに違いなかった。

「会長には相談役をお願いしたが、固辞された。この際、ニッポン郵信から完全に引退されるそうだ」

「そうですか……」

神山の頰が一瞬緩んだ。

「ま、座りなさい。君に社長を譲るに当たり、約束してもらいたいことがある」

いつまでも突っ立っている神山に、大屋が言った。

「会長になられても、社長のご指示には従います」

ソファに腰を下ろした神山が、再び体を深く折った。

「それはありがたいな。それでだな、ニッポン郵信の分割を間違いなく進めると、ここで約束してもらいたいのだ」

「それは……。二つにですか」

「東西と国際部の三つにだ。郵政族の圧力を、残念だがかわしきれなかった」

「会長になられるのは、まさか……」

神山が言葉を飲んだ。

「わたしが社長になったときに、郵政族の大ボスから、会社の分割を求められた。わたしはそれに抵抗してきたからねエ……」

抵抗ではなく、放置していたというのが正確だったが、神山に説明するのに、細かいことまで正直に言う必要はなかった。

「残念です」

「ま、終わったことだ。問題は組合の説得だが、ジュネーブの国際会議から戻ったら、わたしから話すことにする。君は心配しないでもいい」

「なにからなにまで、ありがとうございます」

神山が再び頭を下げた。

社長の椅子を禅譲されるというのは、嬉しいものなのだろうなと、大屋は神山の緩んだ顔を眺めて思った。大屋はクーデター同然に、村井を社長の椅子から引きずり下ろして、自分の力で権力の座を勝ち取っていたから、譲られるありがたみがわからなかった。だが譲られた方は、自分を選んでくれたと感謝して、相手に忠誠を誓うから、院政が敷けるのだった。

「ついてはいくつか注意しておきたいことがある。聞いてくれるね」

「なんなりと」

「今度のことがなかったら、わたしはすくなくともあと二期四年は社長を続けていたはずだ。ということは、君はそのとき、もう六〇代の半ばになっているから、社長にはなれなかっただろう」

「指名していただき、感謝にたえません」

押しつけがましく言った大屋に、神山が頭を垂れた。

「それはともかくとして、ニッポン郵信の社長は、技術系と事務系で、交互に就くということになっている。技術系の君の次は事務系からということになるが、誰が適任か、わかっているだろうね」

「社長の眼鏡にかなうのは、さし当って宮崎君しかおりません」

「宮崎にも君を助けるように伝えておく。協力してやってもらいたい」

「願ってもないことです」

話しているうちに、神山の頰がはっきりと崩れてきて、いまにもニコチン焼けの汚れた歯をむいて、人も喰いかねない大笑いをしそうな顔になっていた。すこしはしゃぎすぎだったが、大屋としては、たしなめるほどのことでもなかった。

「最後に耳に痛いことを言うが、言葉づかいを直してもらいたい」

「話し方ということですか」

「こうして話しているときは普通だが、急に言葉が汚くなることがある。オメエとか、じゃねえかとかな。ニッポン郵信の社長として、品位を重んじ、ふさわしい言葉をつかってほしいんだ。わかったな」

「恐縮です。心して……。気をつけるつもりです」

神山が肩をすくめたが、言葉ほどに顔は神妙ではなく、どこまでわかったのかは疑問だった。

3

「急に呼び出すなんて、なにごとがあったんですか」

濁った眼をむいて、正面から相手を睨みつける副住信成《ふくずみのぶなり》に、谷村は肩をすくめて聞き返した。

霞が関の合同庁舎に入っている、内閣調査室の応接室。副住は東大法学部の出身で、弁論部で谷村の三年先輩だった。大学を卒業して警視庁に入り、エリート警察官僚として順調に

出世を積んで、いまは政府の内閣調査室に出向していた
「おまえのところの社長だが、いまどこにいるんだ」

谷村の質問に答えようとはせず、副住が角張った小さな顔の、鋭い眼で聞いた。

「どこって、いまスイスですよ。ジュネーブの通信に関する国際会議で、日本代表として演説してから、各地を視察することになっています」

「そんな呑気なことをさせていたら、大事件になるぞ」

「ちょっと待ってください。理解できるように話してもらえませんか」

前置きもなにもない副住の頭ごなしの話しぶりに、谷村の胸に不安が湧いてきた。大事件……と副住は言ったが、大屋社長にトラブルでも起きたのだろうか。ニッポン郵信の分割絡みではないだろうな……と、谷村は副住を凝視した。

「大屋社長の宏明《ひろあき》とかいう甥っ子、あれはいまニューヨークにいるはずだな」

「さあ……。そう聞いています」

予想外な話題に、谷村は首をかしげた。たしか長兄の息子が、ニューヨークでクラブのピアニストとして、働いていると言っていた。

大屋のぼやきによると、音楽家としての自立は容易ではないらしい。

「そのバカな甥っ子。ニューヨークでドラッグの売人をやっていて、なんとＦＢＩにマークされているそうだぞ。逮捕は時間の問題らしいぞ」

「え?……」

逮捕という言葉が、谷村の頭のなかでサイレンのように鳴り響いた。とても信じられる話ではなかったが、東大仲間の副住が、こんな問題で冗談を言うはずがなかった。谷村は茫然として副住を見つめた。

「それだけじゃない。売人が開いたパーティーに、大屋とかいう社長が、花を贈っていたそうだぞ。それどころか出席したこともあるらしい」

「ま、まさか。しかしたしかな情報なんでしょうね」

稲妻のように背筋を突き抜けた悪寒に、谷村は身震いした。

日本を代表する有力企業の社長の甥が、アメリカでドラッグを売っているという。それだけでも、ニッポン郵信にとっては一大スキャンダルなのに、よりによって叔父の大屋が、売人が開いたパーティーに、花を贈ったとなったら……。スキャンダルとか、醜聞とか、そんな月並みな言葉では納まりがつかない、もっと強烈な爆弾、核爆弾のようなものが、ニッポン郵信の頭上で炸裂した感じだった。

「とにかくそのバカな甥っ子を、すぐに帰国させた方がいい」

「ありがとうございます。さっそく手を打ちます」

と言っても、どうすればいいのか、さすがの谷村にも見当がつかなかった。とにかく大屋の兄の息子を、早急に帰国させなければならないことだけは確かだった。

「礼を言うのは早過ぎるよ。対応の仕方を間違えると、ひどいことになりかねないぞ」

「まだ……問題があるんですか」

聞いた声がかすれた。

「バカな甥っ子が扱っていたドラッグはだな、エンジェルダストと言って、コカインやヘロインなど、問題にならない強烈なやつだ。毒性が強いから、脳細胞を侵すのが早いそうだ。甥っ子から買って飲んだ十数人が、体の異常を訴え、そのなかの三人が、入院してしまった」

谷村は頭の中が真っ白になって、目が廻ってきた。体が浮いていて、突然思考が停止したようでもある。

谷村はこれまで、中沢や大屋の元で、さまざまな裏工作をやってきたが、ドラッグ、麻薬というのは経済行為とは次元が違う話だった。禁断の世界の違法行為を、どう処理すればいいのか、谷村には見当もつかなかった。

「それは……ニューヨークでのことですね」

「そう。手取り早く日本人の仲間に売りさばいたんだな。被害者はみんな帰国しているらしいが、まずいことに入院した三人のうちの一人が、錯乱状態になっていて、悲観した母親が自殺未遂をしたそうだ。被害者同盟も結成されたらしい」

トドメを刺す副住の言葉に、谷村は室から光が失なわれ、急速に体が冷えていくように感じた。

犯人が大屋の息子ではなかったことに、谷村は胸をなでた。甥……のやったことなら言訳の方法もある。

だが明らかにニッポン郵信の危機だった。いま聞いたことが、マスコミの耳に入ったら、ニッポン郵信は袋叩きにあうだろう。そして社長の大屋が、どういう形にせよそういうパーティーに花を贈ったことまで発覚したら、ニッポン郵信はドラッグの密売組織だとか、アヘン窟などと、あらぬ批判を浴びせられ、自潰してしまいかねない。

郵政族の間からニッポン郵信解体論や、三分割どころか細分割しろという声が、澎湃《ほうはい》として沸き起こる恐れがあった。そんなことになったらニッポン郵信は立ち行かなくなる……。

「社長室へ勝手に入ったりするな。なんの用だ」

大屋が不機嫌に社長机に座ると、前に立っている谷村を睨み上げた。

国際会議から帰国した大屋を、一刻も早く捕まえなければならないと、谷村は都合も聞かずに社長室で待ちかまえていたのだった。

「ニューヨークの甥御さんを、すぐに帰国させてください」

前置きもなにもなしで谷村が言った。

「なんだと？　宏明がどうかしたのか」

「ニューヨークで、ＦＢＩに眼をつけられているそうです」

副住から聞いた話を、谷村が順に説明していくと、聞いていた大屋の顔色が変った。

「宏明はピアニストだぞ。ドラッグの売人なんかじゃない！」

大屋はそれでも必死に否定したが、声には力が感じられなかった。

「社長は甥御さんに誘われて、ニューヨークでのドラッグパーティーにも、出席されたそうですね」

「パーティーだって？……。いや、出ていないぞ。わたしはなにも知らん」

なにを言いたいのかと、大屋が探るような眼で谷村をうかがった。

「出席されていなければいいんですが、それはドラッグの売人と、ドラッグを使用している連中の懇親会だったそうです」

本当は社長も出席したんでしょうと、もう一度声に出して言いたかったが、さすがにそこまでは口にできなかった。

「ばかな……」

「宏明さんから、ドラッグを買って飲んだ何人かが、ドラッグの影響で入院したままなのだそうです」

「本当のことなんだな……。誰に聞いた？」

聞き返した大屋の額に、脂汗が滲んでいた。

「具体的な名前は言えませんが、わたしの大学の先輩が警察の中枢にいます」

「その人の情報……」

「これ以上、たしかな筋はありません。なにからなにまで、摑んでいる様子です」

谷村は言外に、大屋がパーティーに出たことまで、把握されているんだぞと、含めて言ったつもりだった。それを理解したのかどうか、甥っ子の話になってから、ずっと顔色を曇らせている大屋の表情からだけでは、はっきりと読み取ることができなかった。

「わかった。すぐ宏明を呼び戻す」

「被害者同盟の人達に誠意を見せないと、裁判ざたになって、マスコミに知られかねません。急いで手を打ちましょうか」

「いや……。君はかかわらなくていい」

「しかし……」

「これはわたしの個人的な問題だ。ニッポン郵信社員の君の手を、わずらわせるわけにはいかないんだよ。自分で解決する」

公私混同はしないと言われれば、そうかとうなずくしかなかった。だが大屋の本音は、これ以上の弱みを、摑まれたくないのだと、谷村は思った。

だがその大屋に、事態を穏便に収拾する才覚が、あるのかどうか疑問だった。大屋は攻めるときは強い。それは中沢をニッポン郵信の初代社長に据えるための工作や、自身が村井を追い出して、社長の椅子を摑んだことでも、証明されていた。

だが攻めに強い人間は、守りは得意ではない……のが普通だった。攻守ともに強い人間など、まずお目に掛かれないのだった。

谷村は大屋が、坂本龍一郎の前で畳にぴったりと平伏した姿を思い出した。約束違反を追及され、畳みかけるように社長の退陣を求められ、抵抗する術もなく受け入れた。大屋は自分より強い者に攻められると、踏みとどまれないのである。

今度の件は、考えようによっては、政治家の坂本などより厄介なFBIが相手だった。対応を一つ間違えれば、国際的な刑事事件に発展しかねないし、被害者同盟があるという以上、彼等の感情を逆撫ですれば、喧々囂々《けんけんごうごう》の非難が巻き起こりかねなかった。

大屋の命運は尽きた……も同然だと、谷村は思った。

大屋に話をしてから半月ほどがたち、今年も桜の季節がやってきた。谷村の好きな季節で、この時期になると心が華やぎ、浮気心が起きてくるのだが、かかってきた一本の電話に、頭から冷や水を浴びせられた。

「すぐこっちへ来い。おまえはなにをやっていたんだ」

受話器を取ると、いきなり副住の怒声が飛び込んできた。谷村は肝を冷やした。谷村はあわてて内閣調査室の副住の部屋へ駆けつけた。

「なにをそんなに怒っているんですか」

いつもの調子で谷村が話しかけたが、副住はつり上がった眼を、ますます尖らせた。

「被害者同盟になにをやったんだ。バカな真似をするんじゃない」

「どういうことですか」

「知らんとは言わせないぞ。総会屋なんかを使って、ドラッグの被害者を脅しにかかるとは、いったいなにを考えているんだ」

頭ごなしに怒鳴られ、最初はなんのことかわからなかったが、怒声を浴びせられているうちに、状況が飲み込めてきた。

「社長の甥っ子の問題には、わたしは関与していないんです」

「おれはおまえに、社長のバカな甥っ子の件だって、忠告したはずだ」

「社長に伝えたんですが、関与するなと命令されました」

「本当か？　じゃおまえが絡んでいないのなら、公になってもいいんだな」

副住はカミソリの刃のように鋭い視線で言った。

「公になんてやめてください。ニッポン郵信が潰れてしまいます」

「マンモス企業が、簡単に潰れるわけがないだろう。それにしても、社長の大屋もその甥っ子に劣らずバカな男だな」

「なにがあったのか説明してください。怒鳴られるばかりでは、事情が飲み込めません」

「本当に知らないのか？」

副住の口調がわずかに柔らかくなったが、まだ疑わしそうな眼をしていた。

「タッチしていませんから、知りようがありません。総会屋とか、脅したとか、なにがあったんですか」

事態を正確に把握しなければ、解決に動こうにも動きようもない。谷村は副住を正面から凝視した。

「田所《たどころ》という総会屋が、被害者同盟の弁護士に、一人百万円で話をつけろと、すごんだというんだ」

「え！　そんなバカなことを……」

あまりにも常識外れな対応に、谷村は呆れて言葉が続かなかった。

「弁護士は当然だがはねつけた。それを聞いた被害者同盟の一部のメンバーが、総会屋を使うとは何事かと、かんかんに怒っているそうだ。このままだと、間違いなく告訴される」

「社長に、弁護士と直接会うように話します。弁護士は誰ですか」

「おまえがよく知っている男だよ。斉田英豊《さいたひでとよ》だ。大学の同期だろう」

「どうして斉田は、わたしに直接連絡しないで、先輩のところへ？……」

水臭いやつだと、谷村は斉田がすこし恨めしかった。

「おまえも総会屋の件に、絡んでいると考えたんじゃないのか」

「社長にまかせたのが失敗でした」

「このままでは大騒ぎになる。斉田と相談して至急軟着陸を考えろ。問題を国会議員に持ち込まれたら、国会で取り上げられかねないということだ」

副住に言われるまでもなかった。

被害者同盟が納得できる形で、早急に事態を収拾しなければ、いつニッポン郵信社長大屋守の名前が新聞にのり、表面化しないとも限らない。ナビゲート社事件が、やっと世間の記憶から薄れてきたというのに、ここでドラッグ事件が発覚したら、ニッポン郵信の社長は、平気で違法行為をする人間だと、社会から指弾されかねなかった。

そんなことになれば、ニッポン郵信の信用は一段と失墜し、社員のモラルを低下させるばかりである。通信の自由化で競争が激化しているのだから、この大切な時期に、スキャンダルにまみれるわけにはいかなかった。

谷村は大屋の不興を買うのを覚悟で、副住に会った足で社長室に入っていった。すでに報道担当でも、大屋の個人的な相談相手でもなかったが、知ってしまった以上は、手をこまぬいていることはできなかった。

「総会屋を使ったそうですね」

谷村はいきなり言葉の刃を突きつけた。

瞬間大屋の顔が歪んだ。

「君はおれの身辺を探っているのか」

蒼白になった大屋が、三角に尖った眼で谷村を睨んだ。

なにを馬鹿なことを言っているのかと、谷村は怒鳴り返したかった。大屋は他人の弱みを握って、威すようなやり口でトップに上り詰めていたから、自身の弱点を突かれると、誰かが追い落としを図っているのではないかと、疑心暗鬼になるのかもしれなかった。

「そんなことをして、わたしになんの得があるのですか。このままですと、被害者同盟が間違いなく告訴に動きます。早く穏便に事態を収めないと、社長の名前が表面に出てしまいますよ」

「どうしよう……」

大屋が泣くように言った。

「ともかく被害者にきちんと対応すれば、見逃してくれるのではないでしょうか」

「宏明もか」

「警察のことですから、明確なことは言えませんが、わたしの先輩はそのつもりで、このケースをわたしに、事前に教えてくれたのだと思います」

「総会屋から、連絡がないんだよ……」

大屋がすがるような眼で谷村を見上げた。

「弁護士に突っぱねられたんですから、それはそうでしょう。顔の出しようがありませんよ」

「個人的な問題だから、自分で解決しようと思ったが、最初から君に頼んでおけば良かった。

いまからでも、なんとかならないだろうか」

こんなに弱気になった大屋を見るのは、谷村は初めてだった。自らの力で社長の椅子をむしり取り、三期にわたって権勢を誇ってきた大屋の落日の姿に、谷村は哀れを覚えた。

「丸く収まるように努力します」

「すべてまかせる。なんとか宏明を救ってやってくれないか」

「誤解なさらないでください。わたしが引き受けるのは、ニッポン郵信の信用を守るためですから」

「とにかく事件にならないように、骨折ってもらいたい」

反論された大屋は、不愉快そうに唇を突き出したが、思い直した様子で頭を下げた。

谷村はすぐに弁護士の斉田と連絡を取り、解決の道を模索した。

「ドラッグを売った張本人が、まず被害者同盟に謝らなければはじまりません」

斉田弁護士の言い分はもっともだったが、宏明では果してまともな謝罪が、できるかどうかだった。

宏明を病弱ということにして、代りにニッポン郵信社長の大屋守が、被害者に直接謝罪するということで、なんとか話し合いの糸口を摑んだのだった。

大屋が斉田弁護士と、谷村の立ち会いのもと、四人の被害者同盟の代表に会ったのは、ゴールデンウイークの直前だった。会社の業務ではなかったから、ニッポン郵信の社内で会うわけにはいかず、近くのホテルの会議室を借りた。

「どうか甥の宏明をお許しください」

被害者同盟の代表がそろった会議室で、大屋はいきなり、いつものように床に土下座した。いかにも大屋らしいやり方だと、谷村は冷めた眼で見ていたが、被害者同盟がそれで収まるわけもなかった。

「どうして本人が謝りにこないんだ」

初老の痩せた男性が、椅子から立ち上がって大屋を見下ろした。

「病弱でございまして、帰国以来体調を崩して入院しておりますので、叔父のわたしではご不満かもしれませんが、この通り謝罪にまいりました」

「ニッポン郵信の社長が謝っても、脳障害を起こしたわたしの息子が、元に戻るわけじゃない。それをどう考えているんだ」

「まことに申し訳ありません」

「本気で謝るつもりなら、子供がどうなったか、家へ見に来たらどうなんだ。それが誠意というものだろう」

次々と浴びせられる怒りの声に、大屋はひたすら土下座し、すみません、すみませんと同じ言葉を繰り返すばかりだった。

「大屋社長を罵るだけでは、解決は見いだせません。今後の問題について話し合ったらいかがでしょうか」

斉田弁護士が間に入って提案した。

大屋に否やのあるはずがなく、被害者に謝罪の上一人当たり相応な見舞金を支払うことで、被害者同盟は矛を収めた。

罵詈雑言《ばりぞうごん》を浴びせられている間中、大屋は頭を下げて耐えつづけていたが、その姿を見ていて谷村は、大屋もいよいよこれまでだなと胸のうちでつぶやいた。

大屋が社長にまで上り詰めたのは、決して経営の能力があったからではないと、谷村はずっと思っていた。人より出世が一歩も二歩も遅れていた大屋は、福岡支社の労働争議がなかったら、頭角を現すことはできなかったはずだった。そして中沢に取り入ることができなかったら、副社長までの昇格もあり得なかった。さらにはナビゲート社事件で、中沢が失脚しなかったなら、村井を追い落とすこともできず、社長など遥か遠い次元のことだったはずである。

能力がありいくら実績を積んだとしても、社長になれるとはかぎらない。出来事との出合いや、人との神妙不可思議な巡り合わせがあって、一人しか座れないトップの椅子が、転げこんでくる——

大屋はその巡り合わせに恵まれ、二五万人もの社員のトップになったが、強運にも限界があるはずだった。

大屋とのつきあいは、これで終わりにした方がよさそうだなと、谷村は床にへばりついている大屋を、冷たく見下ろした。

これ以上大屋とかかわれば、貧乏神が谷村に乗り移ってきそうだった。

4

「分割に向けまして、新体制で臨ませていただきます」

赤坂の坂本龍一郎事務所で、大屋は正面から冷たい三白眼を注いでくる坂本に、深々と頭を下げた。ニッポン郵信を三分割し、後任社長に技術系の神山太一郎を据え、大屋は会長にという新人事案を説明する間、無表情な坂本は無言で聞いていた。

「分割は既定路線だから当然だが、県議の件は、組合も了解したんだろうね。それを確かめたくて、こうして書記長に来ていただいたんだが」

大屋の隣に畏まって座っている、全郵信労働組合の染谷誠書記長に、坂本が問いかけた。

染谷には事前にすべてを説明しておいたが、県議のことはまだ組合も、了解はしていなかった。

「もう抵抗できないんだ。承知してもらいたい」

分割と県議問題で、大屋は組合本部で染谷に、頭を下げたときのことを思い出した。染谷とは福岡の労働争議でやり合い、気心が知れた仲だったから、腹を割って話せば、承知はしないまでも理解してくれるはずだった。

「中央執行委員会で話し合ってみますが、簡単に結論が出る問題じゃないですよ」

染谷は頭から拒否はしなかったが組合は議論の最中だった。

そんなとき、坂本から大屋に呼び出しがかかった。

「組合の委員長か、書記長のどちらかと一緒に、事務所に訪ねるように」

分割の動きの確認に違いなかったから、断ることは不可能で、染谷に事情を話して同行してもらったのだが、組合書記長の立場で染谷が、どう答えるか心配だった。

「大屋社長から提案を受けましたが、軽々に決められることではありません」

染谷が硬い表情で坂本に答えた。

「世間の常識に沿って、きちんと議論をして、それで分割には、反対しないと受け取っていいんですな」

「積極的な賛成ではありませんが、分割というのは政府の方針ですから、やむをえないと考えています」

「そう。いまさら労使が全面対決する時代ではないですな。県議の件は会社側が、社員の身分のままでの県議立候補を、認めないと決めればそれですむことです。大半の企業が、従業員の就業規則でうたっていますな。そういうことをニッポン郵信はどうして認めてしまったのかねェ」

坂本が染谷から大屋に視線を移した。

「慣例でございまして、それに従ってまいりました。常識に外れると指摘されますと、そのとおりですので、これからも組合と話し合っていく所存です」

「いい心掛けです。ところでニッポン郵信の首脳人事のことだが、もう一度説明してもらえませんかな」

背広の胸ポケットに、白いハンカチをさした洒落男の坂本が、眼を細めて大屋に言った。

「先程もご説明しましたように、わたしは会長に退き、後任社長に技術系の神山太一郎を就任させます。副社長については……」

「あなたが会長になるというのですか？　そんな話は聞いていないないな」

坂本が大屋の説明を遮った。

「えっ？　ですが評論家の鈴木先生がご一緒の席で、会社の三分割と県議問題のご説明をいたしましたとき、ご了解をいただいたではありませんか」

「誰がそんな了解をしたの」

「先生が……預かるとおっしゃってくださいました」

大屋は勇気を出して言い返した。代償としてクラフト紙の封筒に詰めたものを、何度も渡したではないかと叫びたかったが、坂本の冷たい視線にぶつかり、大屋は顔から血の気が引いていった。隣の染谷が不審そうな眼で大屋を見ていた。

「あなたは勘違いされているようだな。わたしが預かると言ったのは、分割案と県議問題、それにあなたの社長退陣のことだ。あなたは会長にしてほしいと言われたが、それを了解した覚えはないな」

染谷が分割問題と会長の椅子を、取引の材料にしたのかと言いたそうに、軽蔑した眼を大屋に向けてきた。だがそんなことに構ってはいられなかった。

「あの席には評論家の先生も、わたしどもの社員もおりました。みんなわたしの会長就任を、先生が了解されたと考えています」

「それは個々人の受け取り方だろう。本人のわたしが知らないと言っているんだから、知らないんだよ」

「するとわたしの会長就任は、認められないとおっしゃるのですね。理由はなんですか」

大屋は血走った眼で坂本を睨んだ。

「駄目なものは駄目なんだ。同じことを何度も言わせなさんな」

坂本が薄笑いを浮かべた。大屋はこの嫌らしい坂本の笑いを、以前から好きではなかったが、いまは激しい嫌悪感を覚えていた。

大屋は腹に力を入れて反論した。

「ニッポン郵信は民間企業です。社長人事を決めるのは株主であって、政治家ではありません」

「そのとおりだよ社長さん。役員の選任権は株主が持っているが、郵信最大の株主は誰だか、わかっているんだろうね。言うまでもないが大蔵大臣なんだよ。その大株主がノーと言っているんだから、ノーなんだよなァ」

「政府は筆頭株主であっても、過半数の株を持っているわけではありません。わたしは社員のために、政府の横暴と戦いますよ」

キレてしまったとわかっていたが、大屋はもう止められなかった。坂本が薄ら笑いを消して、険しい顔になった。

「二五万人を超える社員の心配より、これからの余生は、身内の一人の音楽家のことを考えて過ごしたらどうかね」

「え?……」

坂本の眼が、ますます冷やかになっていったが、なにを言っているのか理解できなかった。

大屋は不気味な思いで坂本の顔を見つめた。

「ニューヨークから帰国した甥御さんは、元気に暮らしておられるかな」

坂本がにたりと笑った。文字通りにたり……とである。死神に笑いかけられたようで、大屋の周りから急速に光が失われていった。

どうやって、ニッポン郵信の社長室へ戻ったのか、大屋は覚えていなかった。気がつくと、茫然と日比谷公園を見つめていた。

坂本は宏明のことを知っていた。どこからどうやって、坂本の耳に入ったのか。宏明の名前を出された瞬間、大屋は自分の敗北を悟った。

だがいったい誰が坂本に、ドラッグの問題を教えたのかである。宏明のスキャンダルを知っているのは、ごくわずかのはずだった。まず被害者同盟と弁護士、警察官僚、さらには谷村……。

谷村にはめられたのかとつぶやいたとき、脳天に衝撃を受けた。

あいつ……

あいつはおれを、中沢の仇討ちとしてニッポン郵信から放逐しようと企んでいた……。きっとそうだと、大屋は唇を血が出るほどに噛んだ。考えてみれば、宏明を帰国させろと、谷村が言ったこと自体が不自然だった。警察官僚の先輩から忠告されたと言っていたが、そんな重要な情報を、大学の後輩だからといって、警察幹部があっさり漏らすだろうか。先輩という言葉に、乗ってしまったのはうかつだったかも知れない。

谷村は大屋や宏明の素行を、興信所に見張らせていたのだろう。

だとしたら、いまもこの瞬間も、あの男を放置しておくのは危険だった。本格的にこのオレを抹殺しようと、谷村が動き出したらどうなるか。

あの男の口を封じなければならなかった。オレを失脚させるあの男に、骨が裂けるくらいの報復をしなければならなかった。自分が社長でいる間に、こんどこそ谷村に、地獄の苦しみを味わわせなければ、この怒りは収まらない。

大屋は内線電話で秘書につないだ。

「人事部長を呼んでくれ」


六月の株主総会の一か月前、谷村は内ポケットに入れた封筒を、スーツの上から押さえて、胸を張って社長室へ入っていった。

「海外赴任のあいさつかね」

大屋は社長机に座ったまま、前に立った谷村を憎悪の尖った目で見上げた。

半月前、谷村は海外勤務を内示されていた。行き先はアルジェリアのアルジェ。

サハラ砂漠ではないが、内陸部にその砂漠がある国で、人事部長からは支店の開設準備が仕事だと、告げられていた。

「こんどの人事は社長の指示だと、人事部長から聞きました。大変な温情に感謝します」

谷村は大屋を見下ろし、わざとらしい感情のこもらない声で言った。

だがこの男がこの椅子に座っていられるのもあと一か月。その後は空室になるはずの会長室に、入ることもなく、ニッポン郵信を去っていく。自業自得、身から出た錆、自分で自分の首を締めたと、言い方はいろいろあるが、大屋の業の深さ故の失脚にほかならなかった。

それにしても、最後の最後まで、人事を弄ぶ男だなと、谷村は呆れた。こんな人間のためにいままで働いてきたかと思うと、自分には人を見る眼がなかったなと、悔やむばかりだった。

「君は誰に頼まれて、わたしからすべてを奪うために動いたのかね」

骨張ってはいるが、普段は公家のようにおっとりした大屋の顔が、光線の関係なのか醜く歪んでいた。

「なにを言っているのか、理解できませんね。被害妄想ですよ」

「では聞くが、郵政族の坂本龍一郎が、宏明のことを知っていたのは、なぜなんだ」

やっぱりそれでサハラ砂漠なのかと、谷村は胸につかえていた疑問が氷解した。

組合からの情報では、大屋に完全退陣の引導を渡したのは、郵政族のボスの坂本だということだった。坂本がどう言って大屋から、会長職まで取り上げてしまったのか、ずっと不審に思っていたが、宏明という甥の名前が、大屋から抵抗する力を、根こそぎ奪い取っていったものに違いなかった。宏明の行状を、大屋は否定していたが、ニューヨークのパーティーに出席したことまで、恐らく坂本は把握していたものに違いなかった。

だから躊躇なく大屋を退陣に追い込んだ。

「そんなことをわたしが、知る由もありません」

「嘘をつくな！」

大屋が顔を真っ赤にして谷村を怒鳴った。

「あなたは哀れな人ですね」

「なんだと」

あなたと言われて大屋が立ち上がって、谷村を睨みつけた。

「あなたは人を散々に裏切り、平気で踏みつけてきた。だから自分に都合の悪いことが起きると、他人がなにかやったかと疑う。自分が自分だから、他人もひどいことをすると、人間不信になるんでしょうね」

「きさま！　出ていけ。サハラ砂漠でのたれ死にしろ」

いまにも摑みかかりそうな眼で、大屋がドアを指さした。

谷村は背広の内ポケットから、退職届と書いた封筒を取り出し、机に置いた。

「なんだこれは」

怒りの表情のまま大屋が封筒を指先でつまみ上げた。

「社長の温情へのお礼ですよ。これで社長も心置きなく、あと一か月の余生を楽しめるでしょう」

「余生だと。やっぱりきさまが坂本に告げ口をしたな」

まだ血迷ったことを言っている大屋を無視し、谷村は社長室を後にした。

公社時代を入れれば、ニッポン郵信に三〇年間も勤めてきた。この三〇年とは、いったいなんだったのだろうなと、思わずにはいられなかった。

ニッポン郵信を辞めても、すぐに生活に困るわけではなかった。IT関連の上場企業から、スカウトの話がきていたし、ベンチャービジネスの立ち上げも考えていたから、選り好みさえしなければ再就職の道はいくらでもあった。

だが谷村は、すぐ第二の人生に、足を踏み出すつもりはなかった。その前にやっておきたいことがあった。自身がニッポン郵信で生きてきた、三〇年という長い人生を、きちんと総括しておきたかった。そうしなければ、第二の人生を生きていく意味を、見いだせなくなってしまう。

谷村はいまから、自分探しの旅に出ようと思っていた。

谷村の人生を大きく変えたのは、言うまでもなく郵信公社の民営化で、ニッポン郵信が誕生したことだった。民営化の先兵として、公社の総裁に乗り込んできた、中沢雅人の専属秘書を務めなかったなら、もっと違った生き方をしていたはずだった。

だから自分探しの旅は、まず中沢に会うことからはじめなければならなかった。

中沢はナビゲート社事件で起訴され、東京地裁で懲役二年、執行猶予三年の判決を受けたが、高等裁判所へ控訴はせず、判決が確定していた。

その中沢は、千代田区一番町《いちばんちょう》の小さなビルの三階に、中沢事務所を開いていた。

「君がニッポン郵信を辞めることになるとは、思ってもいなかったよ」

中沢は谷村の顔を見るなり、開口一番に言った。中沢の事務所はこぢんまりした部屋で、三脚の机と応接セットを置くのがやっとだった。

中沢はどこでどう聞いたのか、谷村の退職をもう耳にしていた。

「ニッポン郵信が……、というより醜い人間がトップに座ったニッポン郵信が、つくづく嫌になりました」

「しかしそのトップ、社長の大屋と相討ちになったそうじゃないか」

中沢が唇を歪めた。

この人はいま笑ったのだと、谷村にはわかった。牛というか蛙というか、いつも仏頂面で笑わない人物だったが、目の前の中沢は愉快そうに笑っていた。

「相手は社長ですよ。一介の社員にそんな大それたことが、できるわけがありません」

「みんなそう言っているがね。ところで君に会ったら、聞きたいと思っていたことがあるんだ」

「なんでしょうか」

「緊急記者会見のことに、決まっているじゃないか。あのときおれが、株をもらったと正直に言っていたら、結果はどうなったのかね」

中沢がすこし遠い眼になった。

この人はずっとそれを、考え続けていたのだろうなと、谷村は感じた。あの記者会見が中沢の、転落のはじまりだったのだから……。

「すくなくとも、嘘つき呼ばわりは、されなかったと思います」

「いずれにしても、逮捕は免れられなかったわけか」

「しかし否定したことで、検事がいきり立ちました。正直にお話しになっていれば、検事の姿勢や世間の眼も、違ったものになったでしょう」

「そうだろうな。一番大事な選択を誤ったということか……」

眼を閉じた中沢の顔に、瞬間悔しそうな表情が表れたが、すぐ泡のように消え去っていった。

「わたしも一度お聞きしたいと思っていたことがあります」

「ふむ」

「土壇場になって株をもらっていないと、譲渡を否定されたのは、どうしてなのですか」

中沢がもし、谷村のシナリオどおりに、記者会見をやっていれば、それからの事件の展開は大きく違ったはずである。谷村の人生そのものも、波風の立たないものになっていたかもしれなかった。あの記者会見が、まさしく〝歴史〟の岐路だった……。

「恐かったんだ。マスコミの追及、世間の眼、準公務員だから逮捕されるかもしれないという恐怖……。それらがみんな押し寄せてきて、つい弁護士の口車に乗ってしまった。もっと潔い、毅然とした行動を取るべきだったと、いまでは後悔しているよ」

やはりそうだったかと、谷村は内心でつぶやいた。

人間なら誰でも持っているが、絶対的な力への恐怖が、中沢は人一倍強かったものに違いなかった。それを普段は横柄に振る舞うことで包みこんでいるが、いざ直面すると恐怖感に打ちのめされて、萎縮してしまう。

それを責めることはできないと、谷村は思った。

「もしナビゲート事件がなくて、会長を続けていられたら、村井社長の後には、誰を推薦されるつもりでしたか」

「社長を差し置いて会長がとやかく言うべきではないが、すくなくとも大屋ではなかったことだけはたしかだ」

「大屋社長は権謀術数の好きな人でした」

検事の取り調べに、口裏合わせの内容を、大屋がすべて話していたことや、村井追い落とし工作、さらには甥の宏明のことを、谷村はかいつまんで話した。

「そういう男だよ。自分の身を守り、出世するためには手段を選ばない。ま、それが経営トップの習性だと言ってしまえばそれまでだが、あの男は度が過ぎたな」

「中沢会長は村井社長を後継に指名されました。あの人は社長の器だったのでしょうか」

「いいや。操りやすいのと、気が小さかったから、大きな間違いを犯すことはないと思ったのさ」

「では院政を敷こうと考えられた……」

中沢も、大屋や世間一般の権力者と同じで、会長になっても影響力を駆使したかったのかと、谷村はすこしがっかりした。

「おれさえその気なら、死ぬまで社長を続けていればよかったんだよ。院政を考える必要なんてないじゃないか」

「ではどうして村井さんを……」

「喜寿になったら社長を辞めようと、前から決めていたのさ。それに年寄りが社長をやっていて、ぽっくりいってしまったら、社内が大変なことになる。だから村井に社長を譲り、おれが元気な間に、きちんとした経営者を育てようと考えた」

今日の中沢は珍しく饒舌だった。逮捕に有罪判決という、人生で最悪の事態を通過して、中沢は達観した様子だった。

「お目当ての人間はいたのですか」

「事務系では郵信モバイルへ出された小塚。技術系ではナビゲート社事件に連座した別所だよ。二人を競わせて、村井の後の社長に据えようと考えていた」

「技術系の村井社長のあとは事務系ですから、小塚社長という構想だったのでしょうか」

「タスキ掛け人事なんて、古い慣習に捕らわれているから、ニッポン郵信はまともな人材が育たなかったんだ。だから村井の後は、技術系の別所でも構わなかった。どちらが社長の器かで、決めるものなんだよ」

中沢は最後の最後まで、ニッポン郵信を改革しようと、情熱を燃やしていたのに違いなかった。

「大屋社長のあとは、神山副社長が昇格します。かれは器なんでしょうか」

「程遠い人物さ。いまのニッポン郵信に、社長の器なんて一人もいないよ。これはという人間は、みんな大屋が外へ出してしまった。小塚のようにな」

中沢がまた唇を歪めて笑ったが、谷村の眼には寂しい表情に映った。

「権力を維持するためには、有能でも邪魔な人間は放逐する。それが経営者の業というか、性《さが》なんでしょうか」

「反抗して気に喰わない人間でも、後継に推す立派な社長はいる。そういう会社は成長していくものだよ。社風かもしれないな。だがニッポン郵信は、タスキ掛け人事があるがゆえに、そうではなかった。そこが悲劇のはじまりだな」

「最後に、非常に聞きづらいことをお聞きします。どうしてコスモフラワーの未公開株を、受け取ったのですか」

どう答えるかと、谷村は真っ直ぐ中沢を凝視した。聞いた瞬間中沢の頰が強張ったような気がしたが、穏やかな口調で返事が戻ってきた。

「魔が差したんだろうな。二千万円ぽっちの金に、どうして眼が眩んだのか、自分でも理解できない。事件が表面化したあと、なぜ受け取ったのかと、何度も自問自答したよ。いまでもそれを繰り返している」

中沢は正直にすべてを話していると、谷村は思った。あと中沢に聞くべきことは一つだけ。

智代夫人はお元気ですかと。

中沢に会ったことで、ニッポン郵信時代の生きざまと、きっぱりと縁が切れそうだった。

新しい世界へ向かって走り出そうと、谷村は思った。

解説

山前《やままえ》　譲《ゆずる》
（推理小説研究家）

清水一行氏の書下ろし長編『社長の品格』は、公社から民営化へと大きな構造改革を強いられていくなか、そのトップにあって指揮するユニークな人物にスポットライトを当てた企業小説である。大きな組織の最高権力者をめぐるさまざまな思惑が絡み合い、その立場に相応《ふさわ》しいキャラクターが問われていく。

二〇〇五年の前半、あることで「社長」が大きく注目された。二月から四月にかけて、連日のようにマスコミをにぎわせた、ライブドアによるニッポン放送株の買収である。インターネット時代ならではの若い企業が、老舗《しにせ》の大手ラジオ局を傘下に組み入れようとする──。ちょっとにわかに信じられなかった買収劇は、その意外性のせいか、テレビのワイドショーでも大きく取り上げられ、たんに経済界の一話題ではなくなった。

まさに事実は小説よりも奇なり、一進一退のスリリングな展開は、まったく株の知識のない人も興味をひかれたに違いない。もともとニッポン放送を子会社にしようとしていたフジテレビが、ライブドアの保有する株式を買い取るなどして和解が成立、この問題はひとつの決着をみた。まさに和解という言葉どおりの穏やかな結果には、肩すかしをくらった人もいたかもしれないが、お互いの利益を考えれば、必然の帰着だったようだ。

　その一連の経過のなかで、連日のようにテレビに顔を出していたのが、ライブドアの堀江貴文社長であり、ニッポン放送の亀淵昭信社長である。おそらく両氏は、この時期、どんな有名スターよりもテレビに出ていたに違いない。新聞でも、ニッポン放送とライブドアの文字を見ない日はなかった。宣伝費に換算したら、とんでもない額となったろう。

　三十代前半の堀江社長はいつもラフな格好で、フランクな語り口ながら刺激的な発言を繰り返す。一方、スーツ姿の亀淵社長は、いかにもという感じのきまじめな語り口で、社長としての立場からの慎重な発言に徹する。その対照的な姿が、映像ではいっそう強調されていた。それがまた、両社の企業としての性格も代表しているように見えた。

　亀淵社長がかつての人気ディスクジョッキーであったことを知って驚いた人もいたようだが、若手起業家の堀江社長にしても、一般的な知名度はほとんどなかっただろう。それが、一躍、スター並みに、一挙手一投足が注目されるようになったのだ。

　一企業を代表する立場だけに、うかつなことは言えない。だが、マスコミは執拗に取材をしてくる。事態の推移に応じた、的確なコメントをしていかなければならない。すぐに公にはできない企業秘密も数々あったに違いない。社長という責任の重い立場を、あらためて我々は知らされたわけである。

結局、三期六年間社長を務めていた亀淵社長は、次期続投の意志を示しながらも、社長の座を譲ることになった。思わぬ事態から、企業のトップの座から降りることになったのである。社長という立場の危うさを端的に証明したわけだ。一方、堀江社長は「ホリエモン」と呼ばれ、ますますマスコミの注目を集めている。同じ社長でも、その道は大きく分かれてしまった。

社長――会社の代表としての責任は重いが、またやりがいのある職務であるのも間違いないだろう。社長の才覚一つで、会社の行く末が左右されることはままある。経営者としていかに舵取りをしていくのか。亀淵社長にしても堀江社長にしても、一個人としてでなく、やはり会社としての損得をつねに考えていたはずだ。

この『社長の品格』では、容姿からガマとも牛とも呼ばれ、その手腕からドクター合理化と言われている中沢が、日本を代表する造船会社の社長から、郵信公社の総裁に就任している。不正経理事件が発覚、官僚体質にどっぷり漬かっている公社の、根本的な改革を期待されてのものだった。

出社は午前八時、毎週の定例記者会見は月一回にし、組合本部には自ら出向いて委員長と直接話をする。造船会社時代に深刻な不況に直面しただけに、月次決算を導入し、あらゆるところで経費の節約を心がける中沢だった。就任して一か月もたたないうちに、次々と新機軸を打ち出していくが、はたして公社の改革を成し遂げることができるのだろうか。そして、民営化は？

経営陣のみならず、会社組織はさまざまな人々の有機的つながりの積み重ねである。また、外部の組織との関係も簡単ではない。日本の通信を支配する巨大な郵信公社は、典型的な天下り先であり、利権あさりの餌食となっていた。官僚や国会議員の介入があって、一般企業以上に力関係は複雑なのだ。

総裁についても、これまでは内部から事務系と技術系が交互に出すタスキ掛け方式が、暗黙の合意点となっていた。そうしたこれまでのバランスをいっさい無視して、中沢は改革をすすめていく。それができたのも、政財界の一致した推挙があったからである。小柄な体には、とてつもない気迫が満ちていた。

清水氏はこれまでさまざまな角度から企業を描いていた。当然ながら、そのトップに位置する社長にたいしても、鋭い視線を向けている。ときにはサクセス・ストーリーであり、ときには挫折の物語であった。栄光の陰には落日があり、社長ならではの悲哀がある。とくに、社長を中心とした企業内外の力関係、あるいは社長の座をめぐっての確執は、現実ともオーバーラップして、読者の興味をそそってきた。

『世襲企業』では大手自動車メーカーが取り上げられている。オーナー企業で、創業者、二代目、三代目と一族で社長を世襲していく。だが、たとえ親子であっても、その経営手腕まで は引き継がれていくわけではない。三人のオーナー社長を対比させて、経営者の資質を問うている。

『器《うつわ》に非《あら》ず』は小さなオートバイ・メーカーが大手自動車会社に成長するまでの物語で、創業にかかわった二人の男を軸に、経営者の夢を描く。『極秘指令』もやはり自動車メーカーが舞台で、長期政権をもくろんでいた社長が脳血栓に倒れ、にわかに後継者争いがおこっている。外資も加わっての派閥抗争が熾烈だ。

一番ドラマチックなのは、やはり政権交代の前後だろう。社長が代わる——企業にとってもっともドラスティックな転換期である。

エアライン・日空の次期社長が『三人の賢者』では話題となっている。名誉会長、会長、社長というラインが確固としているなかで、次期社長の候補がいろいろ噂された。だが、現社長はなかなか後継者を決められない……。

五人の常務が角突き合わすのは『重役室』だ。自動車業界でビッグ3に入る共立自動車に同期に入社し、同時昇進をつづけてきた五人である。だが、突然の社長の死が、彼らを完全なライバルにしてしまう。必ずしも社長としての経営手腕に恵まれた人物が、すんなりと社長になるわけではない。そのことは現実が証明している。「人を掻き分け、押し倒してでも」という野心が必要なのだと、作中では語られている。

清水作品に登場する社長は、なにもこうした大手企業ばかりではない。『風の神様』の秋山は、カー用品やバイク、小型車を販売する会社の社長だ。バブル景気で業績が伸び、愛人をもち、競走馬のオーナーとなる。そこに忍び寄ってきたのが、平成の不況だった。栄光と挫折……まさにこれにつきる物語である。

『社長の品格』の中沢は、公社という組織のトップとあって、一般企業とはまた別の苦労を味わうことになる。けれど、そのヴァイタリティは衰えることがない。いよいよ民営化が決まり、新たに誕生したニッポン郵信の初代社長にも就任する。

もちろんその裏には、まったく波がなかったとは言えない。新しい会社の発足は、新しい社長レースのスタートでもあった。生え抜き組が虎視眈々と中沢のあとを狙うのだ。中沢社長はニッポン郵信を、いちはやく競争力のある有力な民間企業とし、後継者も決める。その権力は盤石と思われたのだが……。

郵信公社から株式会社のニッポン郵信への大きな変身には、中沢のようなパワフルな人材が必要であった。だが、会社はいつも中沢のような人材に恵まれるわけではない。また、その中沢すらもパーフェクトではない。いつしか大きな陥穽が迫っていたのだ。

中沢は、片腕となってくれた秘書に、「権力を維持するためには、有能でも邪魔な人間は放逐する。それが経営者の業というか、性なんでしょうか」と問われて、「反抗して気に喰わない人間でも、後継に推す立派な社長はいる。そういう会社は成長していくものだよ」と答えている。

それは理想だろう。しかし現実では、その理想がいつも達成されるわけではない。権謀術数のうごめくなか、いったい誰が社長の器であり、もっとも社長の品格をもっているのかを、的確に判断するのは難しいし、それに適った人物がトップにつねにいるわけではない。清水一行氏の『社長の品格』は、「社長」の虚実をあらためて鮮やかに捉えている。

光文社文庫

文庫書下ろし／長編企業小説

社長《しやちよう》の品《ひん》格《かく》

著者　清《し》水《みず》一《いつ》行《こう》

2005年7月20日　初版1刷発行

発行者　篠原睦子
印刷　慶昌堂印刷
製本　ナショナル製本

発行所　株式会社　光文社
〒112-8011　東京都文京区音羽1-16-6
電話　(03)5395-8149　編集部
8114　販売部
8125　業務部
振替　00160-3-115347

ISBN4-334-73904-0　Printed in Japan

お願い　光文社文庫をお読みになって、いかがでございましたか。「読後の感想」を編集部あてに、ぜひお送りください。

このほか光文社文庫では、どんな本をお読みになりましたか。これから、どういう本をご希望ですか。

どの本も、誤植がないようつとめていますが、もしお気づきの点がございましたら、お教えください。ご職業、ご年齢などもお書きそえいただければ幸いです。当社の規定により本来の目的以外に使用せず、大切に扱わせていただきます。

光文社文庫編集部